El comensal

El comensal

GABRIELA YBARRA

LITERATURA RANDOM HOUSE

Penguin
Random House
Grupo Editorial

Primera edición en esta colección: enero de 2022

© 2015, 2022, Gabriela Ybarra
The Ella Sher Literary Agency
© 2015, 2022, Penguin Random House Grupo Editorial, S. A. U.
Travessera de Gràcia, 47-49. 08021 Barcelona

Printed in Spain – Impreso en España

ISBN: 978-84-397-3920-3
Depósito legal: B-17.698-2021

Compuesto en La Nueva Edimac, S. L.
Impreso en Gómez Aparicio, S. L.
Casarrubuelos (Madrid)

RH39203

A Ernestina, Enrique, Inés y Leticia

¿Quién ha visto sin temblar un hayedo en un pinar?

ANTONIO MACHADO

NOTA PREVIA

Esta novela es una reconstrucción libre de la historia de mi familia, sobre todo la primera parte, que transcurre en el País Vasco en la primavera de 1977, seis años antes de que yo naciera. Durante los meses de mayo y junio de aquel año secuestraron y asesinaron al padre de mi padre: mi abuelo Javier. Escuché por primera vez la historia a los ocho años. Un compañero de clase en el colegio, nieto del fiscal que había llevado el caso, me explicó cómo su abuelo pescó el cadáver del mío en la ría del Nervión con una red traíña, del tipo que usan los gallegos para capturar boquerones. Años más tarde, la nieta de un médico forense, compañera de clase en otro colegio, me confesó que su abuelo había diseccionado el cuerpo del mío después de que lo encontraran atado de pies y manos y arrollado por un tren cerca de la estación de Larrabasterra. Durante muchos años tomé las dos historias por ciertas y las mezclé con conversaciones escuchadas en casa hasta elaborar una versión propia. Pero en julio de 2012 sentí la necesidad de profundizar en los detalles del asesinato de mi abuelo. Mi madre había fallecido hacía casi un año, y a raíz de su enfermedad, mi padre había empezado a hablar de la muerte de forma extraña. Sospeché que el secuestro podía tener algo que ver. Metí el nombre de mi abuelo en Google y visité hemerotecas. Tomé muchas notas sobre lo que leí: transcripciones literales de noticias y reacciones. Pero las escenas que imaginaba terminaron filtrándose en mi crónica. Lo que cuento en las siguientes páginas no es una reconstrucción exacta del secuestro de mi abuelo ni lo que realmente le ocurrió a mi familia antes, durante y después de la enfermedad de mi madre: los nombres de algunos personajes están cambiados y varios pasajes son fabulaciones a partir de anécdotas. A menudo, imaginar ha sido la única opción que he tenido para intentar comprender.

PRIMERA PARTE

I

Cuentan que en mi familia siempre se sienta un comensal de más en cada comida. Es invisible, pero está ahí. Tiene plato, vaso y cubiertos. De vez en cuando aparece, proyecta su sombra sobre la mesa y borra a alguno de los presentes.

El primero en desaparecer fue mi abuelo paterno. La mañana del 20 de mayo de 1977 Marcelina puso un hervidor de agua en el fuego. Aprovechando que el líquido todavía estaba en reposo, cogió un plumero y comenzó a desempolvar la porcelana. Un piso más arriba, mi abuelo entraba en la ducha, y al fondo del pasillo, donde las puertas formaban una U, descansaban los tres hermanos que aún vivían en la casa. Mi padre ya no vivía ahí, pero en una escala entre Nueva York y otro destino había decidido acercarse a Neguri para pasar unos días con su familia.

Cuando sonó el timbre Marcelina estaba lejos de la entrada. Mientras pasaba el plumero por un jarrón oyó que alguien gritaba desde la calle: «¡Ha habido un accidente, abran la puerta!», y corrió hasta la cocina. Miró un instante el hervidor, que ya había empezado a silbar, y deslizó el cerrojo sin asomarse a la mirilla. Al otro lado del umbral, cuatro enfermeros encapuchados se presentaron abriendo sus batas para mostrar las metralletas.

«¿Dónde está don Javier?», dijo uno. Sacó un arma y apuntó a la chica para que les indicara el camino hasta mi abuelo. Dos hombres y una mujer subieron por las escaleras. El cuarto se quedó abajo, vigilando la entrada de la casa y revolviendo papeles.

Mi padre se despertó al sentir algo frío rozándole la pierna. Abrió los ojos y se encontró a un hombre levantando su sábana con el cañón de un arma. Al fondo de la habitación, una mujer repetía que estuviera tranquilo, que nadie le iba a hacer daño. Después la chica avanzó despacio hasta la cama, agarró sus muñecas y las esposó al cabecero. El hombre y la mujer salieron del cuarto, dejando a mi padre solo, maniatado, con el torso descubierto y la cabeza girada hacia arriba.

Pasaron treinta segundos, un minuto, tal vez más. Tras un lapso de duración indefinida, los encapuchados volvieron a entrar en el cuarto. Pero esta vez no venían solos; junto a ellos aparecieron dos de mis tíos varones y mi tía pequeña.

Mi abuelo seguía en la ducha cuando oyó que alguien gritaba y aporreaba la puerta. Cerró el agua, y como los ruidos no cesaban, se enroscó una toalla y asomó la cabeza al pasillo para ver lo que ocurría. Un hombre con el rostro cubierto metía el revés de su codo en la boca de Marcelina; con la mano contraria sujetaba la metralleta que apuntaba al hueco de la puerta abierta. El hombre entró en el baño y se sentó sobre la taza. Agarró a la asistenta por la falda y la obligó a arrodillarse sobre un charco en el suelo. A escasos centímetros, mi abuelo trataba de arreglarse frente al reflejo del arma. Se peinó y se engominó, pero los dedos le temblaban y no pudo trazar recta la raya que atravesaba su cabeza. Al terminar salió del baño, cogió un rosario, unas gafas, un inhalador y un misal. Se anudó la corbata y a punta de metralleta caminó hasta la habitación en la que se encontraban sus hijos.

Los cuatro hermanos lo esperaban maniatados sobre la cama, mirando cómo una mujer sujetaba las muñecas de Marcelina. En el silencio se oía el silbido del hervidor.

Cuando terminó de esposar a la asistenta, la mujer bajó a la cocina, colocó el recipiente sobre la encimera y apagó el fogón. Mientras, en el piso de arriba, sus compañeros reorganizaban a los rehenes. Primero les hicieron moverse hacia los lados de la cama hasta dejar un hueco. Luego arrancaron la corbata del cuello de mi abuelo y lo sentaron en el medio. El más corpulento de los hombres sacó una cámara de una bolsa de cuero negro que colgaba de su cintura y abrió el pasamontañas a la altura del ojo para asomarse al visor, pero ni mi padre, ni mis tíos ni mi abuelo lo miraban. El encapuchado chascó un par de veces los dedos para captar su atención, y cuando al fin lo logró, apretó el botón tres veces.

Un punto que aún no ha sido aclarado es el paradero de las fotos que hicieron a la familia los secuestradores y las tres instantáneas de Ybarra que se llevaron al abandonar la casa.

«Estoy en disposición de asegurar», afirmaba uno de los hijos, «que no hemos recibido ninguna de las tres imágenes de mi padre como prueba. No sabemos qué habrá sido de ellas, y tampoco de las fotos que nos tomaron a la familia con mi padre momentos antes de llevárselo. En estas aparecemos los hijos que entonces estábamos en la casa, con él, en grupo y despidiéndonos antes de partir.»

El País, viernes 24 de junio de 1977

El monte Serantes estaba cubierto por una niebla densa y pesada que se descomponía en chubascos. Los torrentes bajaban por la ladera hasta la ría del Nervión, que poco a poco se iba llenando como una bañera. Su cauce no se desbordó, pero sí lo hizo el del Gobela, un río que fluía muy cerca de la casa de mi abuelo. En la avenida de los Chopos el agua invadía la calle, cubría las aceras y entraba con violencia en los garajes. Las luces de algunos coches se encendían solas. Desde dentro de la casa la lluvia se oía fuerte, como si alguien estuviera tirando mendrugos de pan contra los cristales. Afuera había varias vías cortadas: Bilbao-Santander a la altura de Retuerto, Neguri-Bilbao por el valle de Asúa y Neguri-Algorta.

A partir de las ocho y cuarto de la mañana los coches se amontonaron en los accesos al centro de Bilbao formando un tapón de dieciocho kilómetros que se extendía hasta Getxo. Por todo Vizcaya se oía la lluvia, los coches y el chocar de los limpiaparabrisas contra las lunas. Mi abuelo estaba encerrado en el maletero de un SEAT 1430 familiar que huía lento. En la parte delantera estaban dos de los secuestradores con la radio encendida. Nadie sabía aún nada. Todavía sonaba «Y te amaré» de Ana y Johnny entre la información sobre el tráfico y las noticias.

Los artículos en los días que siguen al secuestro son poco elaborados y breves. El primer reportaje a fondo que encuentro se publicó el 25 de mayo de 1977 en el suplemento «Blanco y Negro» del diario *ABC*. Se titula «Lo más que me pueden hacer es darme dos tiros». Pocas líneas más abajo hay una columna con un encabezado que dice: «Esposas de marca francesa».

Cuando mi padre pisó los charcos del jardín aún no había conseguido deshacerse de las esposas. Al llegar a la verja, golpeó la puerta hacia fuera con un hombro y salió a la calle. El agua bajaba desbocada por el asfalto. Mi padre analizó la acera, la farola, los arbustos y el pelo empapado de una señora cargada con la compra que se paró a su izquierda. La mujer apoyó las bolsas en el suelo para cubrir su cabeza y lo saludó. Él le contestó educado, pero escueto, y siguió andando y mojándose hasta que se detuvo frente a una casa con muros de piedra y setos que se agitaban entre las verjas. Tocó el timbre. Dijo: «Hola, soy el vecino de la casa de al lado, ¿puedo usar el teléfono?». Se oyó un zumbido, la puerta tembló y una asistenta con moño lo invitó a pasar. La chica lo guió hacia el interior de la casa, se paró frente a un teléfono color hueso que colgaba de la pared y le tendió el auricular. Al ver las esposas hizo un gesto raro con la boca y se santiguó. Mi padre, chorreando y sin mirarla, marcó rápido el número de la policía. Dijo su nombre, su apellido, su ubicación y resumió lo ocurrido aquella mañana. Luego se calló para escuchar al agente. La asistenta tenía los ojos tirantes, como su moño. Mi padre, por el contrario, parecía sereno.

Antes de marcharse, los asaltantes avisaron a mis tíos de que no podrían denunciar el secuestro hasta el mediodía. A las doce menos cuarto, dos de los hermanos lograban soltarse de los barrotes de la cama. A las doce y media llegaba la policía y unos quince minutos más tarde, la prensa.

Los agentes liberaron primero a las mujeres. Luego siguieron con mi tío menor, quien, al verse libre, bajó corriendo al jardín a gritar el nombre de mi abuelo entre las hortensias. Mi padre atendía a los periodistas en el porche. Los reporteros colocaban las grabadoras bajo su mentón y él decía: «Se han portado con total corrección. Hemos estado todo el tiempo muy tranquilos».

A medida que se acercaba la hora de la comida llegaban más policías y periodistas. También fueron apareciendo el resto de los hermanos y algunos primos. El hermano mayor miraba hacia el fondo de la carretera. Mientras, el pequeño seguía en el jardín buscando a mi abuelo entre las hortensias.

El más grande tenía los ojos azules y vestía anorak verde y pantalones vaqueros. El segundo, moreno y delgado, llevaba una camisa a cuadros en tonos oscuros. La mujer, espigada, llevaba un chubasquero de color butano. El cuarto, de estatura media, no se quitó la bata blanca de enfermero en todo el tiempo que permaneció en la casa. Las edades de los cuatro asaltantes estaban comprendidas entre los veinte y los veinticinco años.

Blanco y Negro, miércoles 25 de mayo de 1977

A continuación aparecen dos imágenes de mi padre con las esposas de aluminio de marca francesa: Peripedose.

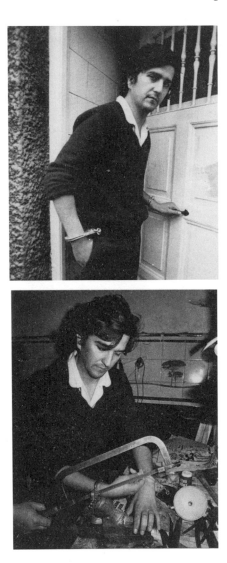

II

El viento entró por la puerta de servicio rodeando los fuegos de la cocina y golpeando las ventanas. El aire de un lado del cristal chocaba contra el del lado opuesto. Ya se habían marchado las visitas de la casa y los que permanecían dentro estaban reunidos en un mismo cuarto haciendo cábalas. Por el suelo del salón seguía habiendo libros revueltos y fotos de familia desperdigadas; un marco de bronce sin retrato y el viento campando a sus anchas, acariciando los flecos de las alfombras y formando pequeños tornados sobre el sofá. Las esposas cortadas estaban colocadas encima de la cómoda del recibidor. A su lado había cuatro trozos de cuerda y el algodón con el que los secuestradores habían envuelto las muñecas de las mujeres para no hacerles daño. Las tiras de esparadrapo con las que les taparon la boca y las telas con las que les cubrieron la cara estaban en el cubo de la basura de la cocina. Ninguno de los hermanos quería dormir solo en su cuarto. Preferían descansar juntos, apilados sobre el sofá.

Desde que se marchó la policía, nadie había vuelto a entrar en la habitación del fondo. A mi padre y a sus hermanos les perturbaba recordar los barrotes dorados de la cama a los que habían estado esposados. También les inquietaba la voz de los secuestradores que aún resonaba suave y educada en sus cabezas, pronunciando ese *don Javier*, musical, como una campana, con el que se dirigían a mi abuelo sin dejar de encañonar sus metralletas.

Los hermanos pasaron el día siguiente al secuestro en el cuarto de estar de la casa asaltada. El mayor se acariciaba la mandíbula. El pequeño jugaba a calzarse y descalzarse los zapatos con el impulso de los dedos. En la consola junto a la puerta había un teléfono que no cesaba de sonar. Uno de los hermanos mayores gritó y descolgó el auricular, que dejó sobre la madera. Luego ya no se oyó nada. Los presentes se acercaron al sofá para protegerse del silencio.

Pasaron las horas, se hizo de noche y seguía sin haber información sobre mi abuelo. Mis tíos se movían por la habitación. Se acercaban y se alejaban del sofá, lo rodeaban, se apoyaban sobre él y se levantaban. Encima de la mesa del café había una radio encendida esperando al noticiario. La locutora empezó a hablar a las diez en punto, pero no dijo nada nuevo ni sobre el secuestro ni sobre mi abuelo.

Desde fuera de la casa parecía que no pasaba nada, pero si uno se fijaba, podía ver a dos guardias civiles sentados en los jeeps que estaban aparcados frente a la puerta. Los coches tenían los faros y los motores apagados, aunque cada media hora los conductores arrancaban sus vehículos y los hacían rodar por las calles aledañas al chalet: la avenida de los Chopos, la carretera de la Avanzada, la ribera del río Gobela y los alrededores de la iglesia del Carmen. A las cuatro de la mañana las calles estaban vacías y en las ventanas de la casa no se apreciaba ninguna luz. Dentro no dormía nadie; los hermanos estaban tumbados, despiertos en la oscuridad, escuchándose la respiración.

Mi padre se levantó del sofá, abrió la ventana del balcón y salió a fumarse un cigarro. Había dejado de llover, pero aún quedaban gotas de agua sobre la barandilla. Dentro de la casa el recuerdo de mi abuelo era asfixiante, imágenes fijas del secuestro que se repetían. Sin embargo, fuera corría brisa y podía pensar en las goteras de su apartamento en Harlem o en un edificio bombardeado que había visitado en el Bronx. Apagó el cigarro sobre la gota más abultada del antepecho y dejó el pitillo aplastado sobre una maceta. Fue entonces cuando recordó que tenía que recoger varios carretes de fotos en un laboratorio del centro de Bilbao. Después miró el jardín y repasó todas las cosas que quería hacer cuando se resolviese el secuestro. Encendió otro cigarro y se lo fumó con la vista fija en las ramas de un castaño.

A las once y media de la mañana del domingo 22 de mayo, una voz anónima, femenina y frágil como la cría de un ave, llamó a la emisora de Radio Popular: «Tenemos secuestrado a Javier Ybarra», dijo con atropello. Detrás se oían coches y niños gritando. «Mirad en el buzón frente al número 37 de la calle Urbieta de San Sebastián», terminó de decir antes de colgar.

Al cartero no le gustaba el susodicho buzón, porque cada vez que lo abría, las bisagras, mal engrasadas, chillaban como un roedor. El buzón estaba viejo, la lluvia había unido entre sí las calvas de pintura, y ahora, en la parte más alta y abombada, había una mancha enorme cubriendo la pieza.

El documento apareció por partes en el lugar indicado. Primero una hoja escrita a máquina, luego otra y después la tercera. No las habían grapado ni unido con un clip. El comunicado era inusualmente extenso y estaba redactado de forma que inducía a pensar que era falso: ni se hacía una reivindicación clara del secuestro ni se ponían condiciones para el rescate. El cartero, acompañado por un policía, solo encontró reflexiones escritas a máquina que no abrían ninguna vía de negociación.

Mientras tanto, mis tíos seguían encerrados en la casa de la avenida de los Chopos: esperando noticias, atendiendo a la prensa e intentando comunicarse con los secuestradores. Hacia las tres de la madrugada, el hermano mayor entró en el salón cogido del brazo de su mujer. Nadie dormía. «Quieren mil millones de pesetas», dijo, y tiró un fajo de billetes sobre la mesa. Mis tíos pasaron toda la noche contando dinero. La cantidad que pedían los secuestradores era inalcanzable. Cuando se hizo de día, los hermanos mayores se fueron a ver a los bancos para pedir un préstamo. Los demás se quedaron en casa, vagando por el cuarto de estar y atendiendo a la prensa: «Es mentira que nos hayan exigido mil millones de pesetas», dijo uno de mis tíos a los medios. «¿Cómo reaccionó su padre el pasado viernes?», preguntó un periodista. «En ningún momento tuvo reparo alguno en ser secuestrado. Se vistió, cogió un sombrero y algunos libros y se dirigió a nosotros para que estuviéramos tranquilos», contestó mi padre.

III

No es cierto que la casa de mi abuelo se llamara Los Nardos. La casa se llamaba Bidarte, entrecaminos, por estar situada en un cruce de avenidas.

No es cierto que mi abuelo pidiera a los secuestradores que lo mataran allí mismo. Lo que mi abuelo les dijo fue: «Lo más que podéis hacer es darme dos tiros».

No es cierto que mi tía pequeña pudiera escaparse de los asaltantes escondiéndose en un armario. Mi tía fue maniatada a los barrotes de una cama, como los demás.

Tampoco es cierto que mi padre y mis tíos comenzaran a negociar con los secuestradores el mismo viernes 20 de mayo.

El 31 de mayo de 1977 apareció una carta con matasellos de Bilbao en el buzón del reformatorio de la localidad alavesa de Amurrio. El sobre carecía de remite y contenía un bulto que era difícil de identificar. Dentro de la carta había una nota manuscrita por mi abuelo que comenzaba diciendo: «Queridos hijos, por fin mis secuestradores me permiten escribiros». El texto estaba redactado a mano con bolígrafo azul sobre un papel de cuadrícula arrancado de un cuaderno. La letra de mi abuelo era firme, como su fe. En la carta escribía que se encontraba bien de salud y que en la adversidad se sentía más unido a Dios: «Acepto plenamente cuanto pueda disponer respecto a mí». El bulto que acompañaba la nota era la llave que abría el sagrario de la capilla de su casa.

Tal vez mi abuelo guardara sus ahorros en el sagrario de la capilla, o en un falso fondo para no mezclar el dinero con Dios. O tal vez la llave no perteneciera al sagrario, sino a un armario corriente o a una caja fuerte escondida detrás de un cuadro. O tal vez lo que guardaba en el tabernáculo no era dinero, sino algo de utilidad para los secuestradores o para el secuestrado.

«Las hostias hay que renovarlas periódicamente», dijo uno de mis tíos a la prensa, «es normal que mi padre se preocupe por ellas y que nos envíe la llave del sagrario. De verdad que no hay ningún doble sentido en todo esto. Recibir esta carta ha sido muy reconfortante para nosotros.» «Además», siguió diciendo mientras gesticulaba con una mano, «tengo la impresión de que los secuestradores lo están tratando bien, aunque tampoco tengo muchos indicios para afirmarlo.»

Las negociaciones avanzaban en la clandestinidad y en la prensa solo se publicaban rumores. Uno decía que mis tíos habían hecho una oferta de cien millones de pesetas, pero que los secuestradores la habían rechazado por considerarla ridícula. Otro decía que quienes tenían retenido a mi abuelo se conformarían con quinientos millones. En mi familia el mutismo era absoluto: «No podemos facilitar ninguna declaración ni afirmar o negar nada», decían. Un pariente cercano dijo a la prensa: «Doscientos millones, no creo que sean capaces de recaudar mucho más».

IV

El barro llegaba hasta el cierre de la puerta. El 1 de junio la policía recibió el aviso de que un SEAT 1430 con matrícula BI-6079-H había sido abandonado en mitad de un lodazal en la parte alta del monte Artxanda. El camino forestal que subía hasta la cima estaba lleno de charcos, ramas, hojas de haya y agujas de pino. El coche apareció en la parte más profunda de un badén rodeado de árboles y cubierto de tierra hasta la mitad de las ruedas. Al abrir la guantera los policías encontraron los papeles y descubrieron que el vehículo era propiedad de una franquicia de alquiler de automóviles cercana a la plaza de Campuzano, en el centro de Bilbao. Los dos agentes anudaron tiras de plástico amarillo a los troncos de varios árboles para cercar el camino. Cuando terminaron de encintar la zona, uno de los hombres enganchó un carrete a su cámara y empezó a fotografiar el coche y todos los objetos que encontró en su interior, entre ellos un destornillador especial que podía utilizarse para abrir cerraduras. Según se pudo saber más tarde, el vehículo había sido alquilado el 17 de mayo por un joven de entre veinticinco y treinta años que portaba un DNI falso. El titular del documento respondía a las siglas A.M.C.

Los policías subieron el coche a una grúa y lo llevaron hasta un parking municipal en el Botxo. Desde la parte alta de Artxanda se veía el Pagasarri.

En los días que siguieron se intensificaron los controles de carretera y los rastreos. Las zonas clave eran Artxanda, Enekuri, Algorta y la vía que unía a Bilbao con San Sebastián. Además se instalaron nuevos controles en Erletxes, San Ignacio y Leioa, y se realizaron nuevas batidas en Gernika y Amurrio.

El 10 de junio apareció la segunda carta de mi abuelo en el buzón de la casa de la avenida de los Chopos. El sobre estaba matasellado en Bilbao el lunes 6 y el texto fechado el sábado 4. Los medios publicaron una versión desmochada; mis tíos decidieron retirar todo el contenido que consideraban familiar. La nota que circuló por la prensa decía:

> Queridos hijos:
> Nuevamente puedo escribiros y lo hago después de haber sabido de vosotros y de tantas cosas más por los periódicos.
> Lamento causar tantas molestias y agradezco el interés mostrado por personas y entidades por la situación especial en que me encuentro.
> En mi soledad me refugio en la oración y me auxilian mucho los dos únicos libros que traje conmigo. Confiemos en la Sagrada Familia… a la que sabéis la gran devoción que tengo, en la seguridad de que todo ha de resolverse como mejor convenga al bien de nuestras almas.
> No os preocupéis por mí, yo estoy en las manos de Dios, perdono a los que me ofendieron y pido perdón a quienes haya podido ofender y ofrezco mi vida por la conversión de los pecadores y por el reencuentro de las almas con el Divino Redentor.
> Con inmenso cariño os bendice y abraza vuestro padre,
>
> JAVIER

Los periodistas interrogaron a mi tío mayor y él contestó a casi todas las preguntas con evasivas: «Comprended, no podemos decir nada, perdonad, ni afirmo ni niego». Aunque no he podido leer la carta completa, sé que el contenido que se apartó de los medios consistía en encargos para mis tíos mayores y consejos para los adolescentes.

La misma tarde en la que los hermanos recibieron la nota, los secuestradores enviaron un mensaje a la emisora de Radio Popular de Bilbao en el que presionaban a mis tíos para pagar el rescate: «La vida de Javier de Ybarra depende únicamente de su familia, ella es quien tiene la última palabra», decían. «El plazo para entregar el dinero termina el sábado 18 de junio a las tres de la tarde.»

Los hermanos mayores caminaban en círculos por la sala de estar y llamaban al emisario que negociaba el rescate. Mi padre releía la carta de mi abuelo junto a la ventana. «Los periódicos», dijo dos veces elevando la voz. En la mesa de al lado, mis tíos redactaban la siguiente nota:

Neguri, 11 de junio 1977
Querido padre:
Ayer recibimos tu segunda carta del día 4 de junio. Nos llenó de inmensa alegría ver, por todo lo que cuentas en ella, que te encuentras muy fortalecido y confortado espiritualmente, y que nos tienes muy presentes a toda tu familia, a tus amigos, colaboradores y a quienes conviven contigo en casa o convivieron con nuestra querida madre.

Queremos que sepas que cumplimos tus encargos y que nos encontramos todos participando de los sólidos principios cristianos que siempre hemos recibido de ti.

Con nuestro profundo cariño, esperando tenerte pronto entre nosotros, te abrazan tus hijos.

V

El sacerdote se quitó el alzacuellos y se abotonó una camisa caqui de bolsillos amplios. Salió a la calle. Paró en un bar de la zona de Abando y bebió un café solo. Encima de la barra había un periódico doblado por la mitad con un titular cortado: «Aún en paradero desconocido», decía. En la calle se oyó una bocina. El cura salió del bar y se acercó a un jeep con tres guardias civiles dentro, los saludó y se sentó atrás. La mañana era brumosa. En la carretera que conectaba la ciudad con el monte solo se distinguían las líneas blancas del arcén. Un hombre con bigote manejaba el volante. Las líneas tomaron una curva y el coche las acompañó en el viraje. Luego subieron y bajaron varias pendientes hasta llegar a un merendero. Los hombres descendieron del vehículo. El cura sin alzacuellos guio la expedición hasta un camino de piedras que finalizaba en una pendiente rocosa. El sacerdote se agarró a la rama de un árbol para ayudarse a subir. Al llegar a la cima, sacó un péndulo de cuarzo del bolsillo y se lo mostró a sus compañeros. Siguieron avanzando hasta llegar a un descampado. El cura extendió un mapa sobre un tronco y volvió a sacar el péndulo. La piedra de cuarzo giraba por encima de un río. Los cuatro hombres recorrieron la cuenca hasta su nacimiento, cortaron varias ramas, gritaron el nombre de mi abuelo, pero no encontraron nada.

Mi padre visitó a una anciana que trabajaba con el sacerdote que no llevaba alzacuellos y echaba las cartas en un caserío cerca de San Sebastián. La primera vez que entró en su casa, esta lo esperaba con media baraja extendida sobre el tapete. Al verlo aparecer levantó la vista sobre sus gafas: «No sé por qué no veo nada», dijo, y golpeó tres veces el taco de cartas sobrantes sobre la mesa. Un loco, un mago, una emperatriz y un sumo sacerdote descansaban panza arriba sobre el fieltro. La mujer le tendió el brazo a mi padre y dijo: «Agárrame la mano para ver si juntos lo vemos». Los dos cerraron los ojos y permanecieron un rato en silencio, pero no vieron nada, solo el interior de sus cuencas.

Llamaron a la puerta. La anciana se levantó de su silla y dejó pasar al cura, que volvía de la montaña. El sacerdote traía el aliento desacompasado y las suelas manchadas de barro; extendió el plano sobre el suelo y dijo: «El péndulo dice que está en la ribera del río, pero en el río no hay más que sapos». Luego se descalzó, peinó sus canas con los dedos y agarró un periódico. Mi padre y la anciana volvieron a analizar las figuras sobre el tapete. Mientras, el cura acercaba una banqueta a la mesa y se sentaba a resolver el crucigrama.

Los días 16, 17 y 18 de junio de 1977 hubo varias llamadas a la redacción del diario local. La mayoría eran de personas con trabajos que dejaban tiempo para el esparcimiento: porteros, vigilantes de noche, dependientas de mercerías de calles secundarias. Todos se quejaban de lo mismo: «He tratado de resolver el crucigrama, pero no lo entiendo».

En el crucigrama del día 16 de junio se leía en horizontal una vez resuelto: «Querido presi de este. Véase clave para cartas. Tercera letra primeras palabras». El del día 17 decía: «Cojo, escribe familia mensaje secreto. Tercera letra cada línea al corte. Adamado setas», y el del 18, último día del plazo dado por los secuestradores para entregar el rescate: «Esperamos carta. Clave. La letra tercera cada línea. Suerte. Esperanza enana».

Junto a los crucigramas, el resto de los pasatiempos también tenían mensajes escondidos. Los jeroglíficos de los días 16 y 17 de junio son los más evidentes:

PREGUNTA:
¿Le darás una recompensa?

JEROGLÍFICO:
L (L)
ε (O-REMUN)
ATON (ER)
A (A)
NOTA (RÉ)

SOLUCIÓN:
Lo remuneraré.

PREGUNTA:
¿Denunciarás a quien te hirió?

JEROGLÍFICO:
Nota (SI)
6 (VI)
a (VO-CAL)
NOTA (LA)
NOTA (RÉ)

SOLUCIÓN:
Si vivo callaré.

Para atraer la atención de mi abuelo, se decidió alterar las viñetas de los ocho errores. Estos dibujos solían estar firmados por el dibujante belga Jean Laplace, pero los días 16, 17 y 18 de junio de 1977 se publicaron unas tiras anónimas en las que aparecían dos edificios de mi familia y el reformatorio de Amurrio del que mi abuelo era patrono. Frente a las tres construcciones había dibujado un hombre de nariz grande y redonda que le pedía ayuda a un perro para resolver un crucigrama. En la viñeta del día 16 de junio el señor y el perro están sentados. Los días 17 y 18 están de pie. «No sabemos nada sobre los crucigramas. Nunca hemos utilizado este medio para ponernos en contacto con nuestro padre», decían mis tíos a los periodistas. «Seguimos con las gestiones normales a través de nuestros abogados», comentó mi tío mayor. Algunos medios dicen que mi abuelo nunca dio señales en sus cartas de haber recibido mensajes en clave. Otros, sin embargo, dudan: creen que la llave del sagrario es parte de alguna conversación.

Pasaba el mes de junio y se acercaba el final del plazo para entregar el rescate. Mis tíos mayores hablaban con los abogados y los pequeños pasaban las horas encerrados en la capilla de la casa. Apenas consiguieron recaudar dinero. Aunque los secuestradores reclamaban el rescate a toda la familia, nadie, aparte de sus hijos, quería hacerse cargo. Los bancos tampoco concedían créditos. Los financieros de las dos entidades consultadas decían que no era posible prestar dinero a un secuestrado y que cincuenta millones era todo lo que les podían dar. Para conseguir el importe los hermanos tuvieron que firmar una póliza en la que se comprometían a responder de forma solidaria ante el pago. Intentaron hipotecar todo el patrimonio de su padre a cambio de una cantidad mayor, pero la respuesta fue siempre la misma: «No podemos conceder un préstamo a un hombre que está secuestrado».

Se hizo de noche. Mi tío pequeño hablaba con atropello y gritaba «hijos de puta». Sus ojeras eran cada vez más profundas. Los otros hermanos dormían a ratos, abrazados de dos en dos sin importar el sexo. Nadie entraba en la habitación del fondo. Solo Marcelina, la asistenta, se había acercado con la aspiradora hasta la puerta, pero ni siquiera fue capaz de girar la manija. En la sala de estar el hermano mayor redactaba una carta para enviar a la prensa:

Deseo comunicar, en nombre de mis hermanos y en el mío propio, la grave preocupación que tenemos por la suerte que pueda correr nuestro querido padre, secuestrado el pasado 20 de mayo.

Asimismo, queremos dejar muy claro que las exigencias que nos han hecho de mil millones de pesetas a cambio de su vida están totalmente fuera de nuestros recursos económicos. Y por este motivo –ante la imposibilidad de poder atender a estas exigencias– hemos intentado y seguimos intentando, por todos los medios, llegar a un acuerdo que permita su liberación.

En cuanto a lo que se nos anuncia de que nuestro padre va a ser ejecutado si no se entrega la cantidad exigida, recayendo sobre nosotros esa gravísima responsabilidad, deseamos afirmar que quienes tienen a nuestro padre son los únicos que van a decidir su suerte.

El cura sin alzacuellos estaba casi seguro de que mi abuelo estaba retenido en algún lugar del monte Gorbea. La madrugada del 18 de junio de 1977, último día del plazo para entregar el rescate, el sacerdote se desplazó de nuevo a las montañas con un convoy de treinta guardias civiles. Al llegar al Alto de Barazar, sacó un mapa de la zona a explorar e hizo girar su colgante. Cuando se detuvo el péndulo, sacó otro mapa de escala mayor y repitió la operación para estrechar el cerco. Detrás de él había quince jeeps aparcados en fila y varios guardias civiles desalojando un restaurante. En la terraza no quedó nadie, solo mesas de plástico con palos de sombrilla atravesándolas por la mitad. Empezó a llover muy fuerte, pero la expedición no se paró. Los hombres se pusieron sus capas y se dispersaron para recorrer las zonas marcadas en el plano.

Un guardia civil con los pies hundidos en la tierra vio una luz al fondo del hayedo. El resplandor pertenecía a una chabola hecha con materiales encontrados: tablones irregulares a medio pintar, clavos con roña y tejas partidas. Por la chimenea, un trozo de tubería cortado, salía una columna de humo gris y estrecho. Dentro de la casucha vivía El Escobero, un antiguo fabricante de cepillos de paja que ahora se dedicaba a trabajar apeas. El guardia civil golpeó la puerta. Se oyeron pisadas arrítmicas y golpes contra el suelo. Luego unas llaves girando y otras chocando contra el picaporte. Se abrió la puerta y apareció un anciano con la barba larga que tenía la misma forma y el mismo color que la columna de humo que salía por la chimenea. Llevaba el torso desnudo y tenía los pezones enanos. Le llamaban Robinson, El Escobero. «Yo no he visto ni oído nada», dijo, «en todo el fin de semana solo vino un coche con matrícula de Madrid que se había perdido y daba vueltas.»

El guardia civil anotó las declaraciones de El Escobero. Luego le mostró un trozo de plástico y una manta mojada. Al ver los objetos, el habitante de la chabola se encogió de hombros y cerró despacio la puerta.

A las cinco de la tarde del 18 de junio de 1977 un locutor de Radio Popular interrumpió la emisión para comunicar que Javier Ybarra había sido asesinado y que su cuerpo se encontraba cerca de una pista forestal en las proximidades del Alto de Barazar, en la misma zona que el péndulo de cuarzo del sacerdote había marcado sobre el mapa. La Guardia Civil pidió más efectivos para seguir inspeccionando los hayedos y los pinares, pero la lluvia era tan intensa que apenas se veía nada.

Unas horas más tarde, varias llamadas anónimas a la misma emisora aseguraron que mi abuelo seguía vivo y que el comunicado de aquella tarde no era cierto. A la una de la madrugada seguía sin confirmarse.

La operación de búsqueda estuvo en marcha durante tres días y medio más, aunque no se sabía si se andaba tras un hombre vivo o muerto. El 22 de junio de 1977 a las cuatro de la tarde volvieron a aparecer varios papeles sin sobre en un buzón de San Sebastián. Las hojas estaban firmadas por los secuestradores y en ellas decían que el cadáver de mi abuelo se hallaba en el lugar indicado en su primer mensaje, y que si la policía no lo había encontrado, era porque no lo había sabido buscar. El texto hacía constantemente referencia a otros dos documentos que no aparecían por ninguna parte. A las seis de la tarde hallaron dos hojas de cuaderno hechas una bola dentro de una papelera en una oficina de correos del centro de la ciudad. Al desplegarlas, el cartero leyó el siguiente mensaje:

Javier Ybarra fue asesinado unas horas después de las tres de la tarde del 18 de junio de 1977.

Carretera de Cenauri a Vitoria. En el Alto de Barazar, tomar la pista que comienza junto al bar restaurante, a mano derecha, llegar hasta cerca de un local, especie de taller con tejado de uralita blanca, y junto a este, un refugio particular. Unos metros antes del refugio hay una pista forestal. Seguir este camino unos trescientos metros aproximadamente y entre unos pinos a mano izquierda se encuentra el cuerpo. Está tapado con un plástico gris oscuro y con unas ramas.

1. REFUGIO: paredes blancas con dos ventanas de color naranja

se aprecia desde el número 2

en el centro tiene un puerta

en apariencia es nuevo

no confundir con el refugio particular

2. ZONA SIN PINOS: en todo su alrededor hay pinos
Hacia el centro hay un árbol de grandes ramas
Pastan caballos

3. ZONA DE PINOS: de mucho follaje, apenas da el sol
Lugar muy cerrado de pinos
Una pequeña pendiente
Desde la pista no se VE EL CUERPO
Está a unos 30 (treinta) metros de la pista (RIP) (escrito
a boli)
R.I.P. se encuentra descansando en la PAZ DEL SEÑOR
(según él) y gracias a su familia

Al final del escrito había un plano con las letras «RIP-J.I.»
marcando el lugar en el que se encontraba el cuerpo.

La búsqueda se volvió a poner en marcha con más hombres.
A las siete menos cuarto de la tarde del miércoles 22 de junio apareció el cadáver de mi abuelo cubierto con un plástico
gris y grueso. Cuando lo destaparon, se derramó un poco de
sangre.

El cuerpo, con un tiro en la cabeza, estaba metido dentro de
una bolsa de plástico enganchado a un clavo, con los brazos
atados a la espalda, los ojos vendados. Durante el cautiverio
había perdido 22 kilos y toda su ropa olía a orina y a excrementos. Al hacerle la autopsia el doctor Toledo, forense del hospital
de Basurto, determinó que tenía las paredes intestinales pegadas,
síntoma evidente de que […] casi no le habían dado de comer
durante su confinamiento. Tenía además el cuerpo llagado, señal
inequívoca de que estuvo todo el tiempo tumbado o metido en
un saco sin poder moverse.*

* *Los mitos del nacionalismo vasco*, José Díaz Herrera, Planeta, 2005.

La descripción de la trayectoria de la bala que lo mató es la siguiente:

[...] entrada por parte posterior occipitotemporal izquierda, con salida en la región frontal derecha en dirección oblicua de abajo arriba y de izquierda a derecha. El óbito fue instantáneo [...].

ABC, 23 de junio de 1977

VI

ABC, 26 de junio de 1977. Alejo la imagen con el zoom para poder tener una visión completa de la foto y de sus titulares. A la izquierda, un periodista con barba y blazer sujeta un bloc de notas. A la derecha, mi padre y dos de sus hermanos vestidos de negro forman un semicírculo a su alrededor. Todos, incluido el periodista, tienen la cabeza bajada. Mis tíos están callados y mi padre habla. «De nuestros enviados especiales en Bilbao», dice el diario.

Cuando nos avisaron de que había aparecido el cadáver de papá, espontáneamente decidí coger el coche y subir al Alto de Barazar. Me aconsejaron que no lo hiciera, podía haber minas en la carretera. Sin embargo salimos en el 850 de Rogelio el mecánico, íbamos muy despacio. Nos detuvimos, y en la carretera paré a un 1430 para que nos llevara, cosa que hizo a toda velocidad. No conocía al conductor. Se llamaba Zabala.

Por fin llegamos al Alto de Barazar, desde donde estaban los fotógrafos de prensa hasta el sitio donde se encontraba el cuerpo tardamos bastante. El camino era muy difícil y había varias bifurcaciones y seguíamos por una u otra al azar. Conmigo Zabala, como un buen amigo, como el buen samaritano. Llegamos a donde estaban los jeeps y los autobuses de la policía.

El cuerpo estaba en un barranquillo muy abrupto, con vegetación muy cerrada. Había que adentrarse mucho para verlo. Estaba en el suelo, con el cuerpo oblicuo por la pendiente, boca arriba, con barba blanca de unos cuatro días. Su expresión era de una gran serenidad y dignidad. Tenía encima un plástico grueso y grisáceo. Junto a él, enrollada, su gabardina, y al alcance de la mano derecha el misal que usaba a diario, un devocionario, el rosario y las gafas. También un inhalador. Aunque no tenía asma, sí padecía de los bronquios y sufría en ocasiones fatiga.

Mi padre destrozaba los zapatos de tanto andar. Le encantaba salir a romper los montes. Ahora ha caído muerto en uno de ellos. Los había pateado a golpe de alpargata, a pesar de que era mutilado de guerra y cojeaba.

Después de leer el testimonio de mi padre en el periódico he buscado «Javier Ybarra asesinado» en Google. Entre las fotos ha aparecido una de varios hombres introduciendo el cuerpo de mi abuelo en un coche fúnebre. El cadáver está cubierto por una manta blanca y, menos el chófer, todos los que lo cargan van vestidos de paisanos. He buscado a mi padre entre ellos, pero no lo he visto. Sé por el periódico que mi padre siguió a mi abuelo en el coche de Zabala hasta el hospital. Tras ellos fueron un autobús y trece jeeps repletos de guardias civiles y leñadores que habían colaborado en el rastreo. En cuanto se corrió la noticia de que había aparecido el cuerpo, una de las radios locales interrumpió su programación para emitir música sacra.

La comitiva rodó montaña abajo y avanzó formando una hilera hasta que llegó al hospital de Basurto; allí esperaban el hermano mayor de mi padre y unos veinte periodistas. La camilla de mi abuelo tardó dieciocho minutos en salir del maletero. A las doce y veinticinco de la noche sacaron el cuerpo tapado con la manta y los reporteros se abalanzaron sobre él para retratarlo, pero no lo consiguieron porque mi padre se interpuso. Antes de comenzar la autopsia, el forense le entregó a mi tío mayor una alianza de oro y una cadena. Hacia la una menos cuarto de la madrugada los hermanos dejaron el depósito de cadáveres para dirigirse a su casa. En esos momentos se realizaba la autopsia.

En la autopsia se descubrió que mi abuelo tenía restos de hierba en el estómago y que llevaba por lo menos tres días sin defecar, a pesar de que en el zulo que la policía halló algún tiempo después habían aparecido excrementos. El escondite estaba dentro de un caserío medio derruido con tablones clavados en las ventanas y las puertas tapiadas. Se encontraron también los restos de dos fogatas y un trozo del jersey que mi abuelo llevaba puesto el día que lo secuestraron. Esta sección del Alto de Barazar no fue rastreada durante los días en los que estuvieron buscando su cuerpo.

VII

El funeral tuvo lugar el día 23 de junio de 1977 a las seis de la tarde en la parroquia de San Ignacio, Getxo. La misa de difuntos la oficiaron diez sacerdotes. La mayoría de los asistentes, vecinos del municipio, habían recibido en esta iglesia al menos un sacramento. Fue mucha gente, tanta que el párroco tuvo que amarrar un par de altavoces a la cornisa para que se pudiera seguir la ceremonia desde el parque.

Mi padre y sus hermanos estaban de rodillas en el reclinatorio de la primera fila con las manos tapándose la cara. Algunos periodistas se colocaron en cuclillas frente a ellos y los retrataron. Se oyó un repicar de campanas y los fotógrafos cubrieron sus objetivos y subieron a la parte alta del templo. Iba a comenzar la misa. De la sacristía, formando una fila, salieron los diez sacerdotes vestidos con sotanas púrpura. Entraron al altar por un costado y se colocaron formando dos medias lunas a los lados del Cristo de madera rajada que presidía el templo. Justo enfrente, un poco más abajo, estaba el catafalco.

La misa fue larga, de sermones breves. Cuando terminó, mi padre y sus hermanos se acercaron al altar para cargar el féretro hasta el coche. En la iglesia había tanta gente que no era fácil abrirse paso. Los hermanos avanzaban lento, meciendo la caja de un lado a otro para hacerse un hueco. Nadie hablaba. El silencio solo se interrumpió por un hombre que gritó: «¡Muerte a los asesinos! ¡Muerte a los asesinos!», pero lo mandaron callar rápido.

El cortejo emprendió su camino hasta el cementerio de Derio. Cada cien metros, guardias civiles saludaban a la comitiva desde la cuneta. Además de ellos, varios lugareños se acercaron al borde del camino para mostrar sus respetos.

VIII

No se parece en nada. La oreja se ve más grande y la nariz más aguileña. La foto del cadáver de mi abuelo que observo en Google Imágenes no tiene mucho que ver con el retrato que hay en el salón. Miro las dos fotos y sigo buscando diferencias: más pelo, más barba, delgadez.

Mi abuelo Javier fue alcalde de Bilbao entre 1963 y 1969, presidente de la Diputación de Vizcaya entre 1947 y 1950, del periódico *El Correo Español - El Pueblo Vasco* y del Tribunal Tutelar de Menores de Bilbao. Fue también consejero de varias empresas, miembro de la Real Academia de la Historia y autor de diez libros sobre la provincia de Vizcaya. Tenía una leve cojera, lo hirieron en la rodilla derecha durante la Batalla del Ebro en la Guerra Civil.

ETA lo marcó como objetivo porque lo consideraba el referente intelectual de Neguri y porque pertenecía a una de las familias que tradicionalmente habían ocupado altos cargos en la provincia. La banda reconocía en él un símbolo del poder españolista. Tres días antes de su muerte, el 15 de junio de 1977, se celebraron en España las primeras elecciones de la democracia. El asesinato de mi abuelo se condenó en los medios, lo rechazaron todos los grupos políticos, pero nadie se movilizó. «Si lo han matado, será porque habrá hecho algo mal.»

El nombre de la localidad de Neguri proviene de la unión de dos palabras vascas: *negua* e *hiri*, que significan ciudad e invierno, y son un vestigio del lema publicitario con el que se promocionó la zona: «También para el invierno». Hasta la llegada del ferrocarril en 1903, este había sido sobre todo un barrio de veraneantes, pero a raíz de la construcción de las vías del tren empezaron a mudarse nuevos vecinos y a levantarse palacios junto a la playa, un club de tenis, un campo de tiro de pichón y otro de golf. La época de mayor esplendor de la zona duró hasta los años treinta: las familias del barrio se enriquecieron gracias a los altos hornos, los bancos, las minas y las navieras. Cuando murió mi abuelo, a finales de la década de los setenta, los negocios estaban en decadencia. Las fábricas se habían quedado obsoletas, aunque aún había quien podía vivir de las rentas. Algunos herederos luchaban por enderezar sus imperios, otros pasaban los días vagando por el club de tenis, el club marítimo y el club de golf. En el año en el que yo nací, 1983, una inundación terminó de enterrar la maltrecha industria de Vizcaya. La ría del Nervión, antiguo referente mundial del progreso, era ahora un barrizal repleto de altos hornos desvencijados.

A principios de los ochenta el ambiente en nuestro barrio era de derrota. La caída del régimen franquista coincidió con la crisis del petróleo y con los primeros asesinatos de ETA en la provincia. Muchos vecinos creían que iban a heredar grandes fortunas, pero no fue así. Algunos sentían nostalgia del pasado glorioso. Otros se evadían. La heroína, el hachís, el sexo libre y la cocaína se consumían en una furgoneta conducida por una mujer rubia que daba vueltas por las calles próximas a la estación de tren. La calma aparente entre los chalets y jardines de setos recortados se interrumpía de tanto en tanto con amenazas, desapariciones y muertes. El primer atentado de ETA en el barrio se produjo el 26 de noviembre de 1973. Un encapuchado roció con gasolina la planta baja del club marítimo y provocó un incendio que consumió el edificio. Se reconstruyó en los meses siguientes con materiales más sólidos: hormigón y acero, pero el 19 de mayo de 2008 la explosión de una furgoneta volvió a dejar en ruinas la fachada trasera del club. Durante los años más duros de principios de los ochenta, los llamados de plomo, los vecinos simulan que no pasa nada: juegan al tenis, toman el aperitivo, salen a navegar y visitan los merenderos de Berango. La tensión se esconde. Un coche en llamas, un muerto y a las pocas horas todo vuelve a parecer normal.

Si alguien está amenazado de muerte, solo lo comenta en confianza. A un conocido jamás. Pocos se sienten con derecho a protestar. Entre 1973 y 2008 ETA pone varias bombas en el barrio y secuestra a algún que otro vecino. Muchas familias malvenden sus casas y se marchan fuera del País Vasco. Nosotros nos mudamos en el noventa y cinco. El día que mi madre me contó que nos teníamos que ir, yo volvía de una excursión al pinar de Azkorri con el colegio. Era casi el final del curso. Sexto de EGB. Mi madre hervía agua en un cazo. «Nos tenemos que ir a Madrid», me dijo. No lloré delante de ella. Pero sí lo hice después, cuando se lo conté a mis dos mejores amigas durante el fin de semana.

Sabía que querían matar a mi padre. A veces lo miraba transcribiendo entrevistas o leyendo libros y trataba de comprender los motivos. La mayor parte del tiempo no tenía miedo, solo en los momentos en los que el peligro se hacía evidente. Por lo demás, vivía ajena al conflicto. Las historias de «La ETA» y del asesinato de mi abuelo se mezclaban con otras que me contaba mi padre sobre Pompeya, las bailarinas de Degas, el poema de «La princesa está triste» y los hombres pájaro de Max Ernst.

SEGUNDA PARTE

I

El cirujano que limó el hueso que sobresalía del tabique de la nariz de mi madre no modeló bien las aletas y dejó la punta con el aspecto de un balón a medio inflar. Imagino la lámpara de focos grandes del quirófano alumbrando las cabezas cubiertas de los enfermeros y a mi madre adolescente anestesiada sobre la camilla soñando con campos de trigo en verano. Después de la intervención, ella debía cuidar las cicatrices durante algunos meses y volver al médico para que rehiciera su nariz. Nunca fue. Se acostumbró a las aletas imperfectas. La operación había sido idea de mi abuela. El hueso que salía de su tabique era aún más prominente y le incomodaba recordarlo en otra nariz. Yo también lo heredé, aunque el mío es solo un piquito que a mi madre le gustaba acariciar.

Mi madre tenía un carácter desprendido de los lugares, de los objetos y de su propio cuerpo. Cuando murió, las únicas pertenencias que tuvimos que organizar fueron su ropa y sus zapatos. No había nada más que fuera exclusivamente suyo. Pasaba la mayor parte del tiempo en el despacho de nuestra casa, pero sin embargo, nada de lo que había en este cuarto le pertenecía solo a ella. No le dolía cumplir años, ni cambiar de ciudad. Cuando nos mudamos a Madrid, apenas tardó en adaptarse a Madrid. Cuando la ingresaron en el hospital, enseguida perteneció al hospital.

La muerte de mi madre resucitó la de mi abuelo paterno. Hasta entonces, para mí el asesinato eran solo unas esposas metidas en una vitrina al lado de las llamas de bronce que mis padres trajeron de Perú. El tedio de la enfermedad llamó al tedio de la espera del secuestro. Mi padre empezó a hablar de rosarios manchados con sangre. Yo aún tardaría varios meses en comprender su dolor.

II

La tarde del 4 de abril de 2011 mi madre me llamó por teléfono y me dijo: «Gabriela, tengo cáncer, pero no es nada». Unas horas después se subió a un avión y se acomodó sobre su tumor hasta que llegó a Nueva York. Mientras ella y mi padre se iban al aeropuerto, yo me fui a Bryant Park a sentarme frente al hotel en el que se habían alojado hacía tres semanas, cuando vinieron a visitarme a la ciudad. La tarde de la llamada le expliqué a mi jefa que necesitaba salir a la calle a que me diera un poco el aire. Bryant Park estaba a solo dos manzanas de la oficina. Atravesé Times Square y cuando llegué al parque me senté en una silla verde junto al césped. Dos minutos después marqué el número de teléfono del hospital Memorial Sloan Kettering. «Necesito una cita para mi madre», le dije a la señora que respondió mi llamada. «No puedo ayudarle», me dijo, «ya se ha ido todo el mundo, soy la chica de la limpieza.» «¿Y qué hago hasta mañana?», le pregunté. «No puede hacer nada», me contestó.

Mi madre quería una cita con el doctor Patterson, un cirujano del que le habían hablado muy bien; me lo dijo por teléfono. Googleé al doctor Patterson y me pareció guapo. A mi madre también se lo pareció. Poco después me llamó un amigo de una amiga de mi madre. Era alguien que no conocía, pero que tenía el e-mail de la esposa de un paciente del doctor. Desde mi silla plegable en Bryant Park escribí un e-mail a la mujer pidiéndole ayuda. La mujer contestó a los pocos minutos y me dijo que tenía que escribir a Chris; que Chris nos ayudaría. Escribí a Chris, Chris contestó rápido y me dijo que el doctor Patterson podía recibirnos en una semana. Cuando mi madre aterrizó le conté que había conseguido una cita con el cirujano. «¿Cómo lo has hecho?», me preguntó.

Antes de que a mi madre le diagnosticaran la enfermedad, yo no le prestaba demasiada atención a la muerte. Tampoco lo hice a lo largo del tratamiento. Durante la hora y media que estuve sentada en Bryant Park pensé que la primera vez que había oído hablar sobre su tumor había sido en este mismo lugar hacía tres semanas. Al sentarse sobre una de las sillas plegables del parque, mi madre me comentó que tenía que apoyar el peso de su cuerpo sobre una única nalga porque si no le dolía mucho el culo. Dijo la palabra «culo» en voz baja y luego, más alto, dijo: «Me ha salido un grano raro». Por aquel entonces yo aún creía que las muertes prematuras pertenecían a la ficción.

No creo que mi madre considerara que la muerte fuera ficción. En los últimos años había seguido muy de cerca la enfermedad de sus padres; y antes, cuando mi padre recibía amenazas de secuestro que no se materializaban, ella se acordaba de su suegro y tenía miedo de que a nosotros nos pudiera ocurrir algo igual.

La tarde que estuve sentada en Bryant Park, me acordé de mis abuelos maternos. Los dos murieron de cáncer. Durante sus tratamientos mi madre pasó mucho tiempo con ellos: visitando a algún médico, jugando a las cartas… Sus hermanos le ayudaban cuando podían. Dos de ellos vivían fuera de Madrid, y con el tercero organizaba turnos en los huecos que le dejaba su trabajo. Mi familia siempre tuvo la sensación de que no se hizo lo suficiente para salvar a mi abuelo; creía que los médicos le habían dado por perdido demasiado pronto, y que en Estados Unidos esto no habría ocurrido. Años después, alrededor de 2004, a mi abuela le encontraron un tumor en la cabeza. Los hermanos acordaron que se operaría en Los Ángeles. La operación salió bien, y unas semanas después volvieron a Madrid, donde mi abuela siguió con el tratamiento. Mi madre y mis tíos encontraron a un doctor que había estudiado en Oxford y que tenía la consulta llena de premios y de diplomas. Esto les daba mucha confianza. Cuando mi madre enfermó, Estados Unidos era la única opción que contemplaba.

Aún no sé cómo transcurrió el día en que le descubrieron el tumor. La única información que tengo es la que mi padre apuntó en su diario:

Principio enfermedad Ernestina. Notas de su marido.

Madrid, miércoles 23 de marzo de 2011. Consulta con el doctor Herreros tras intervención quirúrgica/biopsia.

El tumor está muy localizado, dentro de una fisura que ya existía en el ano. Se trata de un pólipo velloso con algunas células cancerígenas en la base. Es pequeño, plano, estaba pegado al esfínter y al arrancarlo ha dejado una cicatriz. Es necesario levantar la cicatriz para ver si debajo hay restos del tumor. Operar parece la mejor solución, pero hay que hacerlo con cuidado para no dañar el esfínter. Si se hace con pericia no será necesario poner un ano artificial. La lesión está muy localizada, es externa y el diagnóstico ha sido precoz. Antes de operar hay que esperar tres semanas para que cicatrice la herida. Entretanto, se pueden realizar las siguientes pruebas: ecografía rectal, radiografía, resonancia magnética, tracto y TAC.

Estos comentarios han sido recogidos por su marido, a mano, durante la entrevista.

Ocurrió todo muy deprisa, desde que le diagnosticaron la enfermedad hasta que se murió pasaron apenas seis meses. No me acuerdo de la llegada de mis padres a Nueva York y dudo si fue en este viaje o en otro cuando se alojaron un par de noches en una habitación donde la nevera temblaba tanto que no podían dormir. Los primeros días de mi madre en Manhattan fuimos de compras. En el Ann Taylor de Madison Avenue nos hicimos con ropa que enseguida se le quedó grande porque adelgazó mucho durante el tratamiento. Entre otras cosas, compró los pantalones vaqueros que llevo puestos ahora. Mi madre había sido siempre muy delgada, pero en los meses que siguieron a la muerte de mi abuelo envejeció de golpe, le cambió el metabolismo, se le ensancharon la cara y las caderas y se le abombó la tripa. En los últimos años había engordado aún más e iba al gimnasio con frecuencia, aunque ni le gustaba ni se le daba bien. Después de que muriera, yo también engordé mucho. De espaldas me parezco a ella. Me he apuntado a clases de pilates. He estado varios meses utilizando su chándal hasta que en las últimas vacaciones me lo dejé olvidado dentro de la lavadora y se llenó de moho.

III

El día que le hicieron la primera colonoscopia, yo estaba sentada detrás de una cortina azul en el mismo cuarto. Veía los zapatos del oncólogo moviéndose por las baldosas de un lado al otro de la camilla y el colon amplificado en una pantalla. Saqué el teléfono del bolsillo y le hice una foto al monitor. En el centro de la imagen había un agujero negro rodeado de nebulosas circulares blancas que me recordaron a un mapa meteorológico.

El oncólogo descorrió la cortina y empezó a hablar. Mi madre al principio le miraba a él, pero luego me miró a mí dando a entender que no comprendía su jerga. El doctor dijo que no había visto nada, que parecía que al tomarle la muestra del pólipo le habían arrancado el tumor entero. «No creo que haga falta operar», dijo. Se lo traduje a mi madre y asintió. El médico volvió a hablar. Repitió la palabra *ulcerated*. No sabíamos si *ulcerated* era grave o no, pero nos sonaba mal. Él parecía no alterarse por lo de *ulcerated*. Luego dijo *chemotheraphy y radiotherapy*. Mi madre y yo asentimos. *Next week*. Volvimos a asentir.

Conocimos al doctor Patterson una hora después. Su consulta estaba en la misma planta que la del oncólogo; en el tercer piso del edificio del Memorial Sloane Kettering de la calle Cincuenta y tres. Cuando salimos de ver al primer médico, mi madre y yo nos reunimos con mi padre en la sala de espera. Dijimos: «Parece que no hará falta operar». Mi padre comentó algo sobre raspar los restos del tumor. Mi madre fingió no oírle, se sentó a su lado y sacó el teléfono para mirar la foto del cirujano que se había descargado de internet. Desde mi butaca observé a los otros pacientes. Me llamó la atención que nadie pareciera enfermo; todos los que entraban y salían de los ascensores tenían pelo y caminaban con agilidad. Mi padre no se explicaba la desaparición del tumor, a mí, sin embargo, me pareció de lo más normal.

La asistente del doctor Patterson salió a buscarnos pasado un rato. Una vez dentro de la consulta, reconocí la melena blanca y las gafas de montura ligera de la foto del teléfono. Delante del cirujano había un escritorio con las imágenes del colon de mi madre desperdigadas. El doctor Patterson levantó una de ellas y volvió a decir que no veía nada extirpable. Sin embargo, tanto el oncólogo como él consideraban que era importante seguir un tratamiento por si alguna célula cancerosa aún pululaba por el cuerpo y se volvía a reproducir. Ocho semanas de radioterapia y quimioterapia y luego a Madrid. Ese era el plan original. «Conocerá a sus nietos», le dijo el doctor Patterson a mi madre antes de que nos fuéramos.

A veces pienso en por qué mi madre no volvió a Madrid después de este viaje. Creo que por una parte quería estar conmigo. Me eligió a mí para que la cuidara. Dejé mi trabajo y le pareció bien. Por otra parte, creo que ella también necesitaba cambiar de escenario. No quería ver a los mismos médicos que habían tratado a mis abuelos ni visitar los mismos hospitales. En Nueva York todo era nuevo, desde las avenidas hasta el lenguaje; la palabra tumor cambiaba su acento del «mor» al «tu», la palabra cáncer se pronunciaba «cánser».

IV

Últimamente tengo necesidad de volver al hospital. Considero importantes las fechas; celebrar los aniversarios. Mi madre murió un martes, me acuerdo de ella sobre todo los martes. Mi madre murió un día 6, pienso en ella todos los días 6. Quizá sea por esto por lo que hace unos días comencé a repetir de forma consciente algunos hechos que viví hace un año, cuando ella estaba enferma. Esta semana, por ejemplo, llamé al chico con el que me acosté al día siguiente de que le hicieran la primera colonoscopia en el hospital. «Hace un tiempo que no nos vemos», le dije cuando descolgó el teléfono. «Podríamos quedar a tomar algo», me contestó él. Y este lunes me invitó a cenar a un restaurante alejado de sus gustos y por encima de sus posibilidades a un par de manzanas de mi casa. Cuando llegué al local, él me esperaba junto a la puerta. Le había crecido el pelo unos tres dedos y llevaba unos botines con tacón cubano que le sentaban bien. No tardó en verme, me saludó y repitió varias veces que me encontraba muy guapa. Luego reconoció los pantalones azules ajustados de nuestra última cita y acercó su mano a una nalga con intención de tocarla, pero no se atrevió. Entramos al restaurante y nos sentaron en una mesa junto a la ventana. La carta era cara; a juzgar por su respiración, bastante más cara de lo que se esperaba. Pedimos los dos platos más baratos del menú y una botella de vino californiano. La cena fue pesada. Al vino le costaba desaparecer de la copa y la conversación se estancaba.

Yo hablaba mucho sobre mi madre, sobre mi aprendizaje en el último año, y mientras él se reía sin parar. «This is all really funny», decía, cuando yo no trataba de hacer ninguna gracia. Decidí callarme. Él comenzó a masticar meneando la cabeza; se movía en la silla y miraba a un lado y a otro mientras yo comía de mi plato a gusto y en silencio. Él, sin embargo, no terminó su comida. Pagó la cuenta y cogimos un taxi para ir a su apartamento en Bed Stuy. Durante el viaje nos besamos y le acaricié la ingle por encima el pantalón. Mientras lo hacía pensaba si llevaría los mismos calzoncillos feos y marrones de la última vez. Su apartamento estaba asqueroso. Había cajas de pizza almacenadas en la cocina y una capa gruesa de mugre en el baño. Me desnudó en la entrada de la casa y me llevó a la cama. El sexo fue placentero. Repetimos a la mañana siguiente, pero poco después de terminar le dije que tenía que irme. Me senté sobre las sábanas húmedas y busqué la ropa interior en el suelo. Mientras me vestía me acordé de mi madre. De este mismo día del año pasado, cuando después de acostarme con el mismo tío, fui a casa a ducharme y quedé a comer con ella en un restaurante mexicano. El chico comenzó a besarme el cuello e intentó retenerme, cogió una pañoleta de un cajón y se la colocó en la cabeza. «A las mujeres les gusta cómo me queda», me dijo. Me sentí ridícula por haberme acostado con alguien así. Cogí un taxi y me fui a casa. Me duché y pedí una ración de fajitas a un restaurante mexicano.

Viernes, 10 de agosto de 2012

Hoy he vuelto a la primera sala de espera del hospital que visité con mis padres. El tratamiento comenzó aquí hace ya más de un año: en la tercera planta del edificio del Memorial Hospital ubicado en la calle Cincuenta y tres. Desde mi butaca veo una máquina de café y una pantalla de televisión sin sonido. Nadie lee, pero al fondo de la habitación hay dos rusas tejiendo.

La sala es grande, se puede decir que estudiadamente agradable. Hay plantas, flores, moqueta y sofás bien tapizados. Hay mucha gente; alrededor de sesenta personas. De todas ellas, la que más llama mi atención es un hombre de pelo negro con un jersey de rombos morados. El señor es mayor, pero aún no tiene canas. De vez en cuando se encoge sobre la mesa y apoya su frente en un puño. Parece que está rezando. El hombre del jersey se acaricia la nariz. Lo hace muy despacio. Se levanta, cojea. No sabría decir si la tara es física o si está paralizado por la pena. El hombre agarra una taza de café y aprieta el botón de la máquina con un dedo lento y pesado.

Al fondo, donde los sofás largos, está sentada una familia en la que todos llevan turbante. A mi derecha un señor con corbata de rayas llama por teléfono a su seguro médico, quiere consultar la cobertura de unas pastillas. Al leer la receta menciona al oncólogo que atendió a mi madre. Ya había olvidado su nombre, ahora siento que no recuerdo nada.

Una señora mayor muerde un trozo de pizza que le ha traído su hija. La mastica con gusto, recoge las migas que se caen por los lados de la boca para comérselas. Su hija está aburrida y habla poco. Ahora le quita los pelos del abrigo. La señora me mira como si supiera que estoy escribiendo sobre ella y gira la cabeza hacia otro lado para dejar que la siga observando.

A mi izquierda, una mujer de rodillas grandes me pregunta si me molesta que se coma un bocadillo, aunque lo que realmente quiere es conversar. Me cuenta que ha sido enfermera y que por desgracia está muy familiarizada con los procesos. «En este hospital todo son cifras, datos y hechos. Si usted aún tiene pelo y puede andar, debe empezar su tratamiento en la planta tercera.» El hombre que antes llamaba al seguro interviene. «Si estás aquí tienes cáncer», dice. Yo ya no hablo, ahora solo hablan ellos, intercambian sus pareceres sobre los recortes de personal en las mañanas de los días festivos.

V

La doctora Gene nos avisó de que la radioterapia le provocaría la menopausia. Luego nos contó que también se le estrecharía la vagina, y cogió un estuche verde que había encima de su escritorio. Lo abrió y sacó varios tubitos de diferentes tamaños envueltos en plástico. El más delgado tenía el diámetro de un rotulador permanente y el más grueso el de un calabacín pequeño. Mientras la doctora hablaba, mi madre se miraba la cremallera del pantalón.

«Es importante que introduzca este tubo en la vagina un par de horas al día al terminar el tratamiento. Ya verá cómo poco a poco notará que las paredes se van ensanchando. También le recomiendo que mantenga una vida sexual activa», y alargó la mano para tendernos un panfleto que se titulaba «Sexual Health».

Después la doctora siguió explicándonos los efectos del tratamiento.

«No se va a quedar calva, pero tendrá problemas para controlar los impulsos de ir al baño; tal vez sea oportuno que utilice pañal. Póngaselo antes de salir a dar un paseo, por si le entran ganas en mitad de la calle. En cualquier caso, le recomiendo que compre braguitas desechables.»

Mi madre levantó la cabeza para escrutar a la doctora.

«De lunes a viernes va a tener radioterapia. Entre que se prepara y se trata pasarán aproximadamente tres horas, así que si llega a las nueve, no saldrá del hospital hasta las doce. Los lunes a las tres tendrá que ir al edificio de la calle Cincuenta y tres a que le cambien el bote de la quimioterapia y a hacerse una analítica. Los martes a las cuatro y media tendrá cita con el oncólogo, y los miércoles a las dos y cuarto, conmigo, para ver cómo evoluciona su radio. Por lo demás, puede llevar una vida totalmente normal. Si trabaja, le animo a que no deje su trabajo, y por supuesto puede seguir yendo de paseo, al campo, al supermercado... aunque tal vez se canse antes y necesite dormir más horas.»

Mi madre observó el tubito de plástico en el borde de la mesa.

«Tenga cuidado con la comida. Su estómago estará muy sensible por el tratamiento. Debe comer sobre todo proteínas y reducir al máximo las verduras. Para mañana le he concertado una cita con una nutricionista que le explicará con más detalle cómo debe comer. También le recomiendo que no se ponga pantalones y se compre varias faldas; los pantalones le molestarían en la zona de la radiación, que va a estar algo escocida.» En ese momento la doctora sacó un papel del cajón y nos lo mostró. «Mire, esta es la zona. Los restos del tumor que queremos radiar están al final del colon, por lo que el área pélvica va a ser la más afectada. La sensación será parecida a cuando se quema por el sol, pero no se preocupe, que le daremos una pomada para calmar el dolor.»

En este momento el tubito cayó de la mesa al suelo, rodando hasta el pie de la doctora, que se agachó, lo cogió y lo tiró a una papelera sin dejar de hablar.

«Mañana tiene cita en el edificio de la calle Cincuenta y tres para que le coloquen el Mediport, el catéter por el que le administrarán la quimio. Tarda poco tiempo en ajustarse y no es muy doloroso. De hecho, en las encuestas que hacemos a los pacientes, el 85 por ciento dicen estar cómodos con su Mediport.»

Mi madre miraba ahora a la papelera.

La doctora volvió a girar sobre la silla y metió el papel en el cajón. Al estar de nuevo frente a nosotras, vio la cara de mi madre y dijo: «Ya sé que son muchas cosas, pero no se preocupe, porque dentro de lo que cabe va a poder seguir llevando una vida más o menos normal. Si tiene alguna pregunta, no dude en llamarme; si no, nos vemos el próximo miércoles a esta misma hora», y se despidió de nosotras con un apretón de manos.

«Ah, y recuerde ponerse siempre un sombrero y protección de factor elevado si va de paseo», nos dijo la doctora asomándose por la puerta.

Mi madre y yo salimos del hospital. En mi mano sujetaba la receta: braguitas desechables, pañales, pomada calmante para el escozor de la zona pélvica, pastillas para controlar la diarrea y crema solar. Junto a mí, mi madre sujetaba el estuche verde con los tubitos y ojeaba el folleto.

El Barnes & Noble de Midtown al que fuimos hacía esquina. Yo tenía el pelo largo y el dependiente lo miraba. Mi madre y yo veníamos de su primera sesión de radioterapia y le acababa de bajar la regla. Sangraba mucho. Ya no iba a volver a menstruar. Mientras subíamos a la sección de discos de la tienda imaginé a mi madre con los ovarios llenos entrando en un tubo grande y redondo y saliendo estéril. Sé que le ponían música durante el tratamiento. «He escuchado los Beatles», me dijo. «Dicen que puedo llevar el disco que yo quiera», y nos fuimos a un Barnes & Noble a comprar un Grandes Éxitos de ABBA.

A la mañana siguiente, cuando la vi entrar en el vestuario del hospital, no pude evitar imaginármela cantando los coros del grupo sueco dentro de la máquina.

> *Super Trouper lights are gonna find me*
> *Shining like the sun*
> *(Sup-p-per Troup-p-per)*
> *Smiling, having fun*

(Sup-p-per Troup-p-per)
Feeling like a number one

La doctora Gene, licenciada en Stanford y con muchos másteres, era además muy guapa. Llevaba tacones, *eyeliner* y sabía perfilarse el labio sin caer en lo vulgar. «¿Ha ido bien al baño?», le preguntó a mi madre en su segunda consulta. «¿Cuántas veces por día? ¿Ha tenido alguna molestia en la zona pélvica o rectal? Túmbese ahí para ver cómo está la piel de la zona radiada. ¿Le funciona bien la pomada? ¿Qué tal está siendo su última regla? No se asuste si sangra mucho estos días, es normal.» La doctora se puso un guante de látex y corrió una cortinilla para que yo no pudiera ver cómo exploraba a mi madre. «Tiene usted la piel estupenda, solo está un poco roja», dijo mientras palpaba por debajo de la falda. «¿Le sienta bien la comida?» «El otro día comí merluza y vomité», contestó mi madre, «pero por lo demás, todo bien.» «Me alegro», contestó la doctora, «es usted una paciente fantástica», luego dio dos pasos hacia la cortina y me apuntó con sus tacones morados antes de descorrerla. «Tu madre evoluciona muy bien», me dijo cuando apartó la tela, «es importante que paseéis mucho; andad deprisa», y contoneó con gracia la cadera para fingir velocidad. «La semana que viene os verá mi asistente porque me voy de vacaciones a Italia.» «¿Adónde en Italia?», preguntó mi madre. «A Positano», contestó la doctora, «me ha invitado mi marido, hacemos trece años de casados y fue nuestro destino de luna de miel.»

La doctora Gene, esbeltísima, se quitó los guantes usados y los tiró a la papelera. Mi madre se ajustó la falda, el sombrero, la riñonera con el bote de la quimioterapia, miró a la doctora y se sintió una birria.

VI

La mayor parte del tiempo no pienso en ello. Solo cuando me peino frente al espejo y veo la cana que sale disparada desde mi coronilla. Otras veces, cuando estoy tumbada sobre mi cama, me concentro en el hincharse y deshincharse de mi cuerpo y tomo consciencia de que soy mortal. Hace unas semanas decidí cambiar mi dieta, ahora me alimento de productos ecológicos y de pescado. Mi piel está más suave que nunca. Encuentro algún rasgo de niña en el espejo, pero no lo soy. Paso días enteros viendo vídeos en YouTube de chicas peinándose y testando pintalabios. Tomo notas. Categorizo a los usuarios. Apunto frases e ideas para el departamento de innovación de producto de una multinacional de cosméticos. Con cada estudio de mercado desarrollo una nueva obsesión. Cambié de desodorante porque el que usaba contenía aluminio y podía causar cáncer, estuve una semana analizando la largura de mis pestañas y tiré a la basura varios botes de champú con siliconas. Puedo pasar una tarde entera reflexionando sobre lo que mi rutina de belleza dice acerca de mi identidad, a pesar de que algunas noches ni siquiera me cepillo los dientes antes de acostarme.

Empecé a hacer estudios de mercado de productos cosméticos cuando enfermó mi madre. Fue idea de mi amiga Sonia. Como no podía ir a una oficina y pasaba muchas horas muertas en el hospital, pensó que esta podría ser una buena forma de que ganara algo de dinero. El primer encargo que me hicieron fue un estudio de lacas de pelo en el mercado alemán. Mientras mi madre se radiaba, yo la esperaba viendo vídeos en YouTube de hombres y mujeres peinándose. Apuntaba el nombre de los productos que utilizaban para lavarse la cabeza, si usaban acondicionador o tenazas, y a qué distancia de la melena colocaban el secador. Clasifiqué los tipos de cepillos, los comentarios sobre el tacto de la laca en el pelo y la percepción del envoltorio y de la publicidad.

Hacía muchos años que no leía ni escuchaba hablar alemán. Este idioma está muy relacionado con mi infancia y su fonética me da seguridad porque me recuerda a mi abuelo Ricardo, al parvulario y a la letra de la canción «99 Luftballons» de Nena. En alemán todo me parece más agradable que en castellano. A los dieciocho años dejé de hablarlo, empecé la carrera y con ella se terminaron los veranos en las granjas de caballos a las afueras de Colonia y de Hannover para perfeccionar mi acento. Mi abuelo, de origen alemán y preocupado por no perder sus orígenes, se había muerto algunos años atrás. Mientras mi madre se radiaba, encontraba refugio en YouTube, en las chicas que me hablaban sobre lacas de pelo con entonaciones musicales y palabras que no escuchaba desde hacía diez años.

Jueves, 23 de agosto de 2012

Hoy he revisitado la sala de espera de radioterapia en el edificio principal del hospital situado en la avenida York. En la entrada de la calle Sesenta y siete huele a desinfectante y hace frío. Según por qué puerta se acceda es complicado orientarse, la mayoría de los carteles anuncian letras: Q y Z a la izquierda, B y J a la derecha. Yo buscaba la R. Me he metido en un ascensor y después de mí lo han hecho un hombre que sujetaba una botella de oxígeno, dos enfermeras y una mujer que cargaba en brazos a una niña vestida de princesa. Al llegar a la segunda planta, la cabina ha dado un bote, el mismo que daba cuando mi madre venía aquí a tratarse. La chiquilla disfrazada ha intentado dar un salto en los brazos de su madre y el hombre de la bombona le ha dicho algo a una enfermera.

Ahora estoy sentada en una butaca fea y gris, pero muy cómoda, en la sala de espera de radioterapia. Acabo de estirar las piernas. A mi lado hay un hombre en silla de ruedas vestido con un pijama azul. «Soy de Connecticut», me dice. No parece importarle que esté escribiendo. «Me quieren operar, pero no saben si me quedaré en la mesa del quirófano.» Dejo de escribir y lo miro: «Lo siento». «Ya tengo ochenta años», responde. Estoy dispuesta a seguir conversando, pero una enfermera se acerca a donde nosotros, dice el apellido del hombre y empuja su silla por el pasillo. Cojo una revista, pero no me concentro. Cambio a otra más ligera. Siento el mismo letargo de hace un año. La misma densidad en la cabeza. Tengo la sensación de que mi madre ha pasado a su sesión de radioterapia, pero no es así. Llevo solo cinco minutos en este cuarto y me quiero ir.

VII

Para mí nunca tuvieron ni cara ni aficiones. Siempre los imaginé con cuerpo y sin cabeza; con una nebulosa encima del cuello. Ni siquiera los recreaba con la cara tapada porque suponía que debajo de los pasamontañas con los que a veces se cubrían para salir en la tele había otra cosa. Creía que eran sustituibles entre sí, como los muñecos de LEGO a los que se les pueden intercambiar el tronco y las piernas. No los imaginaba jugando a las cartas ni yendo a la frutería, aunque ahora, mientras que he escrito esto, me los he imaginado cargando con una bolsa llena de manzanas. De niña les llamaba Harry y a veces en los atascos amenazaba a los semáforos diciendo: «Poneos en verde o llamo a Harry». Fue bastantes años después cuando comencé a soñar que asesinaban a mi padre o que yo era el objetivo principal de sus amenazas. La segunda pesadilla era peor por la soledad, porque no podía compartir mi angustia con nadie.

El hombre que ordenó enviar el paquete bomba a mi padre se llamaba Miguel. Lo he descubierto hoy metiendo su apodo en Google. Probablemente solo le llame así su familia, o tal vez ni eso. Tiene diez años más que yo y nació exactamente el mismo día que mis hermanas mellizas, el 6 de julio. Busco su apodo en la web de un periódico y salen unos cuantos artículos sobre él. Muchos están ilustrados con la imagen del juicio que se celebró a principios de verano de 2011 por el envío de un paquete bomba a mi padre en 2002. En la foto sale levantando un brazo y mordiéndose la lengua como si tratara de llamar mi atención.

Habían pasado nueve años. En mi familia ya no nos agachábamos junto al coche con un espejito en la mano para comprobar si había o no algún explosivo adosado a la maquinaria. Aquella época me resultaba lejana y desdibujada, como una película de la que solo se recuerdan fragmentos aislados.

El día del juicio unos amigos de mis padres trajeron una bolsa con pescado fresco al apartotel frente a la ONU en el que se alojaba mi madre. Queríamos cocinar lubina al horno con vino blanco y limón. Alguien dijo de pasada: «¿Habéis visto la foto del periódico?», y contestamos que sí mientras seguíamos con los preparativos de la cena. Mi madre estaba cansada. Los efectos de las sesiones de quimioterapia se acumulaban y necesitaba dormir más horas de lo habitual. Solo podía cenar proteínas y teníamos que ingeniárnoslas para que variara el menú. «Lo han pescado esta mañana», nos dijo el amigo de mis padres. Bajé a la cafetería del apartotel para pedir prestados un par de tenedores. El edificio era de estilo art déco y debió de tener un pasado glorioso, pero ahora la moqueta estaba raída y el polvo se había incrustado en el mobiliario. Sin embargo, resultaba acogedor. Casi todos los clientes tenían alguna relación con las Naciones Unidas. Cada semana la mayoría de los huéspedes eran de una única nacionalidad. Un lunes todos italianos, el siguiente todos chinos, al otro todos indios. Cenábamos pescado y marisco con frecuencia porque Pisacane, la mejor pescadería de Manhattan, estaba a solo una manzana del apartotel. Había buen comercio en la zona, algo caro, pero de calidad. Comprábamos la verdura y la fruta en el mercado de los *amish*, aunque mi madre apenas podía comerla. Su dieta consistía sobre todo en humus casero, hamburguesas de PJ Clarke's, pato laqueado de The

Peking Duck House, raviolis de Caffe Linda y langostas hervidas a diez dólares de la pescadería Pisacane.

17 de enero de 2002

El paquete iba dirigido a mi padre, pero tenía escrita la dirección de mi tío en Getxo. El cartero llegó al domicilio hacia el mediodía. El portero revisó la correspondencia, y cuando leyó el nombre de mi padre dijo que no había nadie en el edificio que se llamara así. El cartero agarró el paquete, sacó un bolígrafo y buscó la casilla de «destinatario desconocido». Mi prima acababa de entrar en el portal de la mano de la chica que la cuidaba. Tenía siete años, era rubia y se había parado frente a la mesa del portero a observar la distribución del correo. «El del paquete es mi tío», dijo. «¿Seguro?», preguntó el cartero. «Sí, es mi tío», contestó. Mi prima se colocó frente al ascensor con el paquete bajo el brazo. La niñera estaba a su lado. La del segundo había subido la compra y descargaba las bolsas con lentitud.

Un policía entró en el portal y gritó: «¡Hay una bomba!». Mi prima levantó los brazos y tiró el paquete al suelo. El cartero lanzó la correspondencia por los aires; las cartas golpearon la caja del explosivo mientras mi prima seguía con los brazos levantados. O así me la imaginé yo.

Durante las ocho horas siguientes, viví ajena al suceso. No hablé con mis padres. Luego me enteraría de que estaban en la ópera. Cuando sonó el teléfono, preparaba una presentación sobre economía para la universidad. Al otro lado de la línea me habló una mujer: «El ministro de Interior quiere darle las condolencias a su padre». «¿Qué ha pasado?», le pregunté. La mujer fingió no haberme oído y me preguntó con voz amable: «¿Se puede poner tu padre?». Le dije que no estaba en casa y colgué sin encontrarle sentido a la conversación. Busqué el nombre del ministro de Interior en internet y luego el nombre de mi padre. Vi la noticia. Nadie me cogía el teléfono. Mientras terminaba el trabajo, releía el suceso en el ordenador. Mis padres llegaron a casa hacia la medianoche. Entraron en el recibidor hablando sobre *Rigoletto* y me contaron lo sucedido aquella mañana. «Si me toca la china, me tocó», dijo mi padre. Al día siguiente, el escolta que mi padre llevaba desde hacía dos años le entregó una lista de actividades que debía evitar por seguridad. Estas incluían: sacar dinero del cajero automático, utilizar el transporte público, visitar el quiosco y la librería de nuestra manzana, pagar tickets de aparcamiento y pasear.

A la mañana siguiente madrugué para llegar a tiempo a clase a las ocho. Cogí el metro, y cuando salí por la boca más próxima a la universidad ocurrió algo que no sé si fue real o alucinado. Un hombre joven que llevaba una chaqueta de cuero se cruzó conmigo y me dijo: «Habéis tenido suerte». Ahora, releyendo las noticias, tampoco sé si es cierta la historia de mi prima. Tengo delante un artículo que dice que el paquete bomba se encontró en el camión del repartidor.

He pasado la mañana googleando a Miguel, pero casi no he encontrado nada. Aparte de las fotos del juicio, he descubierto un canal en YouTube con su nombre y un artículo en la revista Interviú en el que hablan sobre su infancia y sobre su familia.

El Miguel que encuentro en internet no me da miedo. No me asusta la que creo que ha sido durante muchos años su casa: «El séptimo piso de una torre desde la que se podía ver la iglesia de San Francisquito de Santutxu».

Tampoco me inquietan sus padres, Ana y Josu, divorciados en el 98, cuando mi familia ya llevaba tres años viviendo en Madrid. Mi abuelo Ricardo se murió ese verano, así que supongo que el 98 no fue un buen año para ninguno de los dos. El padre de Miguel trabajó en una compañía eléctrica, su madre fue dependienta en varias tiendas. Además tiene una hermana de la que no he podido descubrir nada. He encontrado una cuenta de YouTube con un usuario que tiene el mismo nombre y los mismos apellidos que él. No sé si es falsa o verdadera. Hay vídeos de danzas vascas y cantaores flamencos, uno de Justin Bieber, varios de Kraftwerk, la película *Cariño, he encogido a los niños*, algunos sketches de los Muppets, videoclips de The Art of Noise, de The Smiths, de grupos de reggae que no conozco, de una chica dando un grito, de Luciano Pavarotti, de videojuegos, de surf, de cómo aprender a tocar canciones de Metallica con la guitarra, de cómo preparar una barbacoa, de pistoleros, de guerrillas, de Adolf Hitler, de cantantes latinos y un sketch de humor en el que dos encapuchados le pegan tres tiros a un ordenador que no funciona. Ninguno de los vídeos que he visto me ha dado miedo, pero luego he imaginado a Miguel frente al ordenador y no sabría describir lo que he sentido. Sus retratos me provocan sensaciones similares a las imágenes de las células del cáncer. No pienso en la amenaza, sino en la ficción que me sugieren. Las fotos de los tumores parecen galaxias, al verlas fabulo con el espacio. Cuando veo a Miguel sacando la lengua y levantando el brazo en el juicio por el paquete bomba que envió a mi padre, siento que no es a mí a quien quiere llamar la atención.

VIII

Cuando mi madre vino a Nueva York a tratarse, yo vivía en la zona sur del barrio de Williamsburg, en Brooklyn, estudiaba un máster de marketing en la Universidad de Nueva York y trabajaba en el rascacielos que el canal de televisión MTV tiene en la plaza de Times Square. A pesar de la sobredosis de neón que había en el exterior del edificio, mi oficina era un habitáculo sin ventanas ni tubos de LED. Recuerdo que en mi segundo día de trabajo googleé «en mi oficina no hay luz» y encontré un link a una página de Amazon donde vendían una lamparita que prometía solucionar mi problema. En la descripción del producto decía que había treinta y cinco millones de americanos que sufrían de una afección llamada Seasonal Affective Dissorder o S.A.D., y que en un estudio llevado a cabo por la Universidad de Idaho se había descubierto que, tras someter a los pacientes a una exposición continuada de luz durante unos treinta o cuarenta y cinco minutos al día, se habían observado progresos en el tratamiento de la depresión crónica, el trastorno bipolar, el insomnio, la bulimia nerviosa, el síndrome premenstrual y la demencia. En la misma universidad hicieron otro estudio en el que dividieron a los pacientes en dos grupos; al primero le suministraron Prozac y al segundo le expusieron a cuarenta minutos de luz diarios durante una semana. A estas alturas del artículo ya no me sorprendí al leer que el segundo grupo fue el que obtuvo los mejores resultados.

El viernes antes de conocer la enfermedad de mi madre, pasé el día en casa. Los viernes no trabajaba y tampoco iba a la facultad. Solía aprovechar para dormir hasta las once y leer en pijama hasta la hora de la comida. Aquella mañana, sin embargo, el timbre me despertó temprano. Al otro lado de la puerta, un mensajero con una camisa gris me ofreció un paquete. Lo cogí, firmé un papelito y le di las gracias. En la cocina agarré unas tijeras y corté el celo. Metí la mano entre las bolitas de poliestireno y saqué la lámpara. Era un cacharro feo y aparatoso, unas tres veces más grande de lo que había imaginado. Lo enchufé para ver la luz que daba, y me pareció blanca y desagradable. «No se admiten devoluciones», decía la caja.

Dejé la lámpara en el suelo, a los pies de la cama, y volví a coger el libro. Aquella mañana leía *El paseo* de Walser. Mientras daba forma a la almohada vino a mi cabeza la imagen del escritor muerto sobre la nieve. Escribí «robert walser» en Google e hice clic en imágenes; en la primera foto de la segunda línea estaba su cadáver. Las pisadas sobre la nieve marcaban el camino hasta el lugar en el que yacía el cuerpo. El escritor tenía la boca abierta, una mano sobre la tripa y la otra estirada tratando de alcanzar un sombrero. Volví a leer el primer párrafo levantando la vista del papel a la foto en cada coma.

Declaro que una hermosa mañana, ya no sé exactamente a qué hora, como me vino en gana dar un paseo, me planté el sombrero en la cabeza, abandoné el cuarto de los escritos o de los espíritus, y bajé la escalera para salir a buen paso a la calle.

Robert Walser 15 de abril de 1878 - 25 de diciembre de 1956. Enterrado en 2011 con otras trescientas mil fotos de sí mismo en Google Imágenes.

En su libro el escritor sale a pasear en una mañana de 1917. Igual debió de ocurrir aquel día de Navidad, casi cuatro décadas más tarde. Estaría sentado en su habitación del manicomio de Herisau, y aunque ya hacía varios años que había abandonado la escritura, quizá ahora proyectase historias sobre la pared en blanco de su cuarto; sentado en la cama, de espaldas a una ventana y atascado en alguna de sus proyecciones imaginarias, cerraría los ojos y pensaría que le vendría bien dar un paseo.

Lo que más me llama la atención de esta foto es la forma tan ingenua en la que fue tomada. Unos niños que juegan en el bosque se topan con el cadáver. Dan un par de vueltas alrededor del escritor y deciden llamar a la policía. La policía llega unos minutos más tarde y procede a fotografiar el cuerpo. Imagino a un hombre metiendo la película en la cámara, girando la bobina y caminando hacia atrás por la nieve mientras mira por el objetivo. A los tres o cuatro pasos, la totalidad de las piernas, el brazo y el sombrero están dentro del encuadre. El hombre presiona el botón e inmortaliza al cadáver.

Hoy, algo más de un año y medio después de esta lectura, sigo viviendo en Brooklyn y sigo trabajando en una oficina sin luz, aunque ya no se trata de la misma empresa. Tampoco vivo en la misma casa, aunque aún guardo la lámpara y las bolitas de poliestireno en el altillo de un armario. Hoy es domingo 2 de septiembre de 2012. Normalmente los domingos aprovecho para escribir hasta que no puedo más o me quedo sin ideas. Al caer la tarde suelo salir al cine o a dar un paseo. Esta tarde el sonido de un cristal haciéndose pedazos me ha levantado del escritorio. La estantería del salón se había vencido hacia delante. Dentro del mueble había varios libros, que ahora están desparramados por el suelo entre trozos de cristal y un tocadiscos descuajeringado.

He barrido los cristales y he amontonado los objetos detrás del sofá. Al ordenarlos he encontrado *El paseo* de Walser. Una edición pequeña, de menos de noventa páginas, con una portada sencilla y blanca. He abierto el libro y he leído un párrafo que había subrayado a lápiz.

Estar muerto aquí, y ser enterrado sin llamar la atención en la fresca tierra del bosque, tendría que ser dulce. ¡Ah, si se pudiera sentir y gozar de la Muerte en la Muerte! Quizá es así. Sería hermoso tener en el bosque una tumba pequeña y tranquila. Quizá oyera el canto de los pájaros y el susurrar del bosque sobre mí. Lo desearía.

Pensé que Walser tal vez había dejado de escribir para concentrar su energía en cumplir su deseo. Habría elegido un manicomio que tuviera un bosque cerca, y cada mañana, antes de salir a pasear, se habría puesto el sombrero y cogido un paraguas aunque el cielo estuviera limpio de nubes. En sus caminatas habría estudiado la topografía del paisaje, prestando especial atención al diámetro de los claros y a la altura de los abetos. Imagino a Walser sentado sobre un tronco, cerrando los ojos para escuchar cómo chocan las ramas. Luego habría agarrado el paraguas y desplazado las hojas del suelo para trazar una X. Pensé que tal vez fuera ahí donde apareció su cuerpo.

Aquel verano había aprendido a saltar a la piscina haciendo la voltereta hacia atrás. Tenía la mitad de los dedos de los pies sobre el bordillo y los talones en el aire, el cuerpo de espaldas al agua y la cara mirando a un seto que crecía entre las ranuras de una valla. Balanceé los brazos un par de veces antes de levantar los pies del suelo, y arqueé el tronco para entrar en la piscina con la punta de los dedos. No debí de cerrar los ojos, porque mientras mi cuerpo giraba en el agua, vi la imagen invertida de un hombre que se hundía rodeado de una masa blanca. Mi cuerpo siguió girando. Me arrastré a escasos centímetros del fondo y de la pared oeste de la piscina, hasta que finalmente salí del agua. Afuera, la gente se arremolinaba junto al bordillo. Una mujer con traje de baño negro había saltado sobre la mancha. Ahora salía de esta con la cara sucia, cargando el cuerpo del ahogado que seguía expulsando masa blanca por la boca. El hombre llevaba un crucifijo de oro colgado del cuello que se movía cada vez que la cabeza perdía su punto de apoyo y se dislocaba.

Subí por las escaleras para salir del agua y vi al ahogado tendido sobre el césped. A su lado, un joven de la Cruz Roja trataba de reanimarle dándole golpes en el pecho. Pero el hombre no se inmutaba, y permaneció tumbado en el suelo con la boca abierta. Mientras, la mujer del traje de baño negro se lavaba en una de las duchas que había frente a los vestuarios. Pocos minutos después, la piscina estaba rodeada de una cinta amarilla. La gente se había dispersado, y junto al cuerpo una señora y dos chicas jóvenes se abrazaban. Una de ellas tiritaba y la otra la tapaba con una toalla. La que parecía la madre miraba el cuerpo y abría los labios de la misma forma que lo hacía el hombre en el suelo. Estuvo con la boca abierta hasta que llegó la ambulancia. Unos enfermeros se llevaron al señor cubierto con una manta plateada, y las tres mujeres se quedaron un rato junto a la piscina observando cómo se dispersaba la mancha.

He intentado recordar a mi madre, pero no he podido. Tras varios minutos tratando de reconstruir su cara, solo he visto negro. Como tenía el ordenador delante, he buscado su nombre en internet.

Ha aparecido esto:

En la primera foto sale ella de joven, peinada con la raya a un lado y el pelo cayendo sobre los hombros. El resto de las imágenes son fotos de tumbas. De mármol, de piedra, con flores, sin flores, con esculturas. Hay una que está tallada con la forma de un corazón, y otra en la que está grabado su apellido, PASCH, en letras mayúsculas.

De repente he empezado a hablar. He contado mi mañana. Lo de la estantería, lo del estropicio y lo del libro de Walser. «¿Recuerdas lo mucho que me gustaba mi tocadiscos?, pues ya no funciona.» Luego he pasado una hora mirando a la pantalla tratando de memorizar su cara.

Entonces ha sido cuando me he acordado de la lámpara. La he sacado del altillo y la he colocado sobre mi escritorio. Al enchufarla se han iluminado cuatro tubos de LED que han proyectado sobre mi cara una luz blanca y desagradable.

Experimente la increíble capacidad reparadora de la terapia de 10.000 lux e iones negativos. La lámpara Sun Touch Plus® bañará su rostro de luz natural y liberará iones saludables para usted y su espíritu. Eleve su ánimo, ajuste su ritmo biológico y siéntase más fresco, descansado y cuidado gracias a Sun Touch Plus®; el tratamiento contrastado por psicólogos de todo el mundo.

IX

Mi madre no tardó en empezar a esconder su enfermedad. Cuando paseábamos por Manhattan en los días que no tenía consulta, ella trataba siempre de caminar más deprisa que yo. Si le decía que necesitaba parar para descansar, ella me incitaba a seguir. No creo que lo hiciera de forma consciente. Si alguien le hubiera preguntado si tenía cáncer, hubiera contestado que sí. Sin embargo, cada vez que alguien decía: «¿Qué tal estás?», ella siempre respondía: «Fenomenal». Daba igual que aquella mañana la hubiera pasado vomitando en el baño o que se acabara de quedar estéril tras la radioterapia. Su reacción frente la enfermedad fue la resistencia. Aquí no pasa nada. Esto no me mata. Mirad cómo me encuentro de bien. Yo me lo creía a ratos.

A mitad del tratamiento, empezó a insistir en que quería comprarse un apartamento en Brooklyn. No podía negarme a que lo hiciera. La semana que le colocaron el bote de la quimioterapia, mi madre ya estuvo merodeando por el vecindario en el que estaba el piso y consultando su precio. Había visitado la casa dos veces con una amiga y no paraba de hablar de las vistas de Manhattan y del río que se veían desde cada habitación. Volvimos juntas a verla algunas semanas más tarde. Durante el camino en metro no paró de hablarme del apartamento y de cenas en familia mirando al East River. Yo, sin embargo, no podía olvidarme de la enfermedad. Visitamos el piso. Desde el salón se veía todo Manhattan y el río lleno de buques cargueros subiendo y bajando por su cuenca. Un hidroavión se posó en la superficie como si fuera una gaviota, rellenó su depósito de agua y desapareció. La chica de la inmobiliaria nos enseñó las habitaciones, pero yo solo podía mirar hacia fuera. Luego empezó a hablar sobre contratos. Mi madre quería ir a firmar cuanto antes y me pidió que le ayudara con el papeleo. Durante las negociaciones nadie mencionó su salud. El día de la firma fue la primera vez que pensé que mi madre se podía morir.

Mi familia recibió varias amenazas durante los ochenta, los noventa y los años que siguieron al 2000. Hasta que fui adolescente, mis padres lograron mantenerme más o menos al margen, aunque yo era consciente de que algunas cosas que nos pasaban eran poco corrientes. Una mañana, por ejemplo, alguien hizo una pintada en nuestra casa que era difícil de atribuir y de descifrar. Un círculo y una P, o tal vez la mitad de una R o una B. El grafitero había dejado su mensaje a medias. Otro día alguien entró por la ventana del comedor. Tiró una piedra para romper el cristal y se paseó por la habitación hasta que saltó la alarma y desapareció. En el verano de 1992 un hombre estuvo toda la noche sentado en un Ford Fiesta blanco frente a nuestra casa. El vehículo tenía el motor apagado, y el conductor encendía de vez en cuando un pitillo que veíamos moverse en la oscuridad. Mi madre y yo observábamos al intruso desde una ventana. Llamamos a la policía, el hombre que nos atendió dijo que el coche era robado y que mandarían a varios agentes para detenerlo, pero cuando aparecieron, el señor del pitillo ya se había largado.

Me enteré del asesinato de mi abuelo por una vecina. Yo tenía siete años. Aquel día volví a casa llorando y se lo conté a mis padres. «No te lo habíamos dicho antes porque no nos habías preguntado cómo había muerto», me dijo mi madre. Los dos evitaron dar detalles sobre el secuestro. En esta misma época, en el 87 o en el 89, se suicidó el hermano pequeño de mi padre, mi tío Cosme. Años después me enteré de que lo había hecho tirándose un bidón de gasolina por encima de la cabeza y prendiéndose fuego. Hoy soy incapaz de recordar su cara. Tampoco recuerdo ver a gente triste, ni que nadie mencionara su funeral o su entierro. De mi tío he oído sobre todo dos anécdotas: que antes de matarse estuvo varias semanas insistiéndole a mi madre para que le acompañara a la sección de droguería de El Corte Inglés y que una vez lo pillaron pinchándose heroína en el baño de nuestra casa. Nunca he visto fotos suyas. Lo único que había en nuestro salón era una escultura de bronce de una niña dentro de un tacataca pidiendo ayuda para salir. La figura había pertenecido a mi tío. Se trataba de un objeto raro, no era bonito, la niña tenía cara de angustia.

Un día de primavera de 1989

El cuatro latas se volvió a parar en la cuesta que unía la estación de tren con la iglesia de San Ignacio. La pendiente era demasiado pronunciada para un coche tan viejo. Mi madre y yo nos bajamos del Renault, y con la ayuda de un señor que caminaba por la acera intentamos arrancarlo. Ella volvió a sentarse al volante para encender el contacto, mientras que el hombre y yo empujábamos el vehículo desde atrás. Primero el motor empezó a sonar como cuando el agua rompe a hervir en una cazuela, y luego, a los pocos minutos, como el zumbido de una olla a presión. Yo apoyaba los brazos en la carrocería, pero dudo que la fuerza de una niña de cinco años y medio tuviera algún efecto sobre el coche. El señor clavaba las puntas de sus zapatos en el asfalto y empujaba con las manos y con todo el peso de su cuerpo. En la parte trasera del coche, en la puerta del maletero, había una pegatina gigante con la cara de Mickey Mouse, creo que se la regaló alguno de mis tíos a mi madre y que ella la pegó porque pensó que me podría gustar. El coche era de por sí llamativo, amarillo y medio desvencijado; la cara de Mickey Mouse no le sentaba mal. Normalmente la pegatina era para mí objeto de orgullo, pero aquel día mis manos sudadas resbalaban por su superficie. Las ruedas del vehículo empezaron a girar solas, y el señor y yo celebramos nuestra hazaña despegando las palmas del coche. Mi madre paró el cuatro latas y se bajó para darle las gracias al hombre y ofrecerle un botellín de agua que llevaba en el bolso. El señor se lo bebió. Al final de la cuesta estaba el parque de San Ignacio, una campa que se extendía frente a la iglesia con varios senderos rodeados de plátanos. Al otro lado del césped, casi haciendo esquina con el mirador de la playa, estaba el jardín de infancia. Varios padres esperaban con sus hijos en los bancos a que se abrieran las puertas. Mi madre saludaba a todo el mundo y yo la imitaba. Me despedí diciendo «Bye, bye, mamá», y mi madre me contestó diciendo «Bye, bye, Gabriela».

Al salir de Las Arenas el paisaje se apagaba: desaparecían los parques, las playas y las casas con fachadas recién pintadas. Ahí comenzaba una zona industrial en la que brotaban edificios de hormigón con los balcones sucios por el humo de las fábricas. A la altura de Erandio, el agua de la ría era de un color gris amarillento y cada vez que la surcaba un barco se formaba una espuma que parecía jabón. En este barrio se concentraban los gases de varias industrias químicas y de los altos hornos de la margen contraria de la ría. De vez en cuando, algunas de estas fábricas soltaban el gas, y durante quince minutos o media hora sus chimeneas vomitaban humaredas. Si se conducía, había que cerrar a todo correr las ventanas, y si se paseaba por la calle, había que taparse la nariz y la boca con un pañuelo y tratar de buscar un refugio. En Erandio no crecía la hierba, y en los balcones de los edificios que estaban próximos a las fábricas, se agujereaba y ensuciaba la colada. Yo de niña no sabía nada de esto, pero al pasar por aquí con el coche recuerdo sufrir porque sentía que se manchaba la ropa blanca que colgaba de los balcones.

Imagino que mi madre llegó al centro de Bilbao, aparcó el coche en el parking de El Corte Inglés y visitó su supermercado. Haría una compra grande. Luego se tomaría un sándwich en un bar de General Concha con una amiga y cogería de nuevo el coche para volver a Neguri.

Imagino que fue en Deusto, más o menos a la altura de la universidad, donde mi madre se encontró con el control policial. Su Renault, amarillo con una pegatina de la cara de Mickey Mouse cubriendo el maletero, destacaría con facilidad en el tráfico. Habría muchos agentes; las sirenas de sus coches girarían silenciosas tiñendo de naranja la carretera. Los policías, de dos en dos, pedirían la documentación a algunos conductores a los que obligarían a desviarse a un arcén junto a la ría. Un agente reclamaría los papeles, y otro, en la retaguardia, encañonaría una metralleta. Imagino que cuando mi madre pasó a la altura del control, un hombre le hizo aspavientos para que se desviara. Ella se dirigiría al arcén, bajaría la ventanilla y saludaría a los guardias. No era la primera vez que se topaba con una batida. Lo que sería inusual es que al policía del otro lado de la ventana le temblara el arma. Imagino a uno de los policías diciendo despacio: «Salga ahora mismo del coche y coloque las manos sobre el capó». Mi madre abriría la puerta y descendería del vehículo, se quedaría unos segundos de pie, sintiendo el olor a azufre de las fábricas, y apoyaría sus palmas sobre la carrocería. Llegarían más policías. Uno la cachearía, dos registrarían el coche y otra pareja más permanecería de pie encañonándola. Levantarían los asientos, abrirían la guantera, meterían las manos por todos los huecos del coche. Dentro del maletero encontrarían varias bolsas de la compra. Sacarían uno a uno los objetos, dejando sobre el asfalto la fruta, los botes de conservas, los productos de limpieza. Imagino a uno de los policías con un palo de fregona en la mano diciendo: «Aquí no hay nada». Mi madre, que seguiría con las palmas sobre el capó, sentiría que la metralleta que apuntaba a su oreja ya no se movía. Ella también se relajaría. El policía que antes tendría una mano apoyada sobre su espalda le ayudaría a incorporarse. «Lo siento», le diría. Imagino a mi madre respirando fuerte y volviendo a sentir la acidez del aire. «Acaban de matar a uno de nuestros compañeros cerca de aquí. Sabemos que el asesino va en un Renault 4 amarillo por la carretera de la ría... No hay muchos coches como el suyo. También sabemos que el asesinato lo ha cometido una mujer.»

Imagino a mi madre volviéndose a meter en el coche, atravesando de nuevo la humareda de Erandio y dirigiéndose hasta Neguri. Al llegar a nuestro barrio, el césped le parecería demasiado verde y las fachadas de los chalets demasiado limpias. Mi padre estaría en la India cubriendo un conflicto. Se acordaría de él y lo echaría de menos. Imagino a mi madre sacando las bolsas de la compra del maletero, pidiendo ayuda a María Jesús, la chica que trabajó durante muchos años en nuestra casa, y colocando juntas los productos en la nevera, en el congelador y en la despensa. Mi madre preferiría no contarle nada sobre su incidente, aunque no dejaría de pensar en él. Se sentiría observada. Pasaría por delante de la ventana y miraría con detenimiento la calle sin ver a nadie, solo a Raúl, el portero del edificio de pisos de la acera de enfrente, regando unas plantas. Imagino a mi madre subiendo a su habitación para llamar a mi abuelo, siempre le relajaba hablar con su padre: «Papá, me acaba de pasar una cosa», le diría, y le relataría toda la historia, comenzando por el coche que se había quedado parado en la cuesta y terminando por la compra que acababa de descargar en la cocina. «No te preocupes», le diría mi abuelo, «la policía está al corriente de vuestra situación.» Imagino a mi madre mirando el reloj, mi padre no la llamaría hasta por la noche. Luego releería la postal que nos acababa de enviar desde Calcuta. «Os echo muchísimo, muchísimo de menos a Gabriela y a ti.» Mi madre bajaría las escaleras y saldría a la calle para ir a recogerme a la guardería. La calle Marqués de Arriluce estaría vacía. El chalet y el palacete abandonados del otro lado de la calle le parecerían más siniestros que nunca.

X

«Mamá ha entrado en casa, se ha quitado la pamela, ha abierto la puerta de la cocina y se ha echado a llorar», me dijo mi hermana Inés por teléfono. El primer ciclo del tratamiento de quimioterapia terminó a mediados de julio, y el protocolo decía que mi madre debía estar seis semanas sin tratarse para ver cómo evolucionaba la enfermedad. Los médicos le aconsejaron que se volviera a España, que veraneara, que se protegiera del sol, pero que aprovechara para pasear por la playa en las horas de menos calor. Ella estaba muy contenta; los médicos eran optimistas y todos estábamos seguros de que en las pruebas que le harían a la vuelta del verano no habría rastro de la enfermedad. Antes de viajar a la costa pasó una semana en Madrid. Se sentía fuerte, aunque de vez en cuando necesitaba dormir a horas raras. Yo no pude ir con ella hasta cuatro semanas más tarde, me tuve que quedar en Nueva York para mudarme al nuevo piso en la torre junto al río.

Las obras de la cocina de la casa de Madrid empezaron la misma semana en la que mi madre identificó el bulto y terminaron poco antes de que se bajara del avión en Barajas, dejara las maletas en su habitación, se quitara la pamela y se echara a llorar frente a la cocina reformada.

Las obras se habían dilatado más de lo debido; nadie había estado controlando a los operarios. Recuerdo que mi hermana Inés, al llegar a Madrid después de visitar a mi madre en

Nueva York, me llamó para decirme que se había encontrado a los albañiles dormidos encima de un saco de baldosas.

Días después de que terminara la reforma, mi hermana se dio cuenta de que la puerta del armario donde se guardaba la vajilla chocaba contra la puerta de la cocina, que la caldera estaba demasiado alta y que la caja de los plomos no se veía porque estaba escondida al fondo de la despensa. «Pero si todos los armarios están cerrados y los plomos no saltan, ha quedado muy bien», me dijo al teléfono.

Mi madre, sin embargo, no mencionaba ningún fallo. Estaba satisfecha con la nueva isleta, los nuevos fuegos y la nueva encimera. Creo que dentro de la cocina se sentía curada de la enfermedad.

Durante la semana que estuvo en Madrid, se encontró muy fuerte. Una tarde incluso fue a IKEA a comprar unos taburetes para la barra de la cocina. Las cosas se empezaron a torcer un poco más tarde, el día que viajó de Madrid a Cádiz.

La mañana que se subió al avión en Barajas aún estaba sana, pero cuarenta y cinco minutos después, al aterrizar en Jerez, se fue corriendo a vomitar al baño del aeropuerto y ya no volvió a sentirse bien. Lo que más me sorprendió cuando la vi tres semanas más tarde fue su piel, húmeda y blanda como la gelatina. Su físico también era desconcertante, a veces me parecía muy vieja y otras muy joven, su aspecto cambiaba de edad según el ángulo o el momento del día. Estaba delgada, como cuando me llevaba en su cuatro latas al colegio, pero también se le había encorvado la espalda y se le había encerado la piel. «Tengo dolores musculares», «son los efectos secundarios de la quimioterapia» o «dicen que se suda mucho en la menopausia», fueron nuestras excusas para seguir creyendo que lo que pasaba era normal. «Estoy fenomenal, estoy fenomenal», repetía mi madre a cada rato. Anduvimos mes y medio desnortados, elaborando nuestras propias teorías sin visitar a ningún médico. De las seis semanas que mi madre pasó de vacaciones en España, yo estuve cuatro en Nueva York mudándome de casa y buscando justificaciones para su malestar. A menudo me acordaba de mi abuelo materno. Él murió después de que su cáncer hiciera metástasis en los huesos. Un día se sentó en una silla de ruedas y nunca más se volvió a levantar. Por lo que me contaba mi familia, parecía que mi madre había empeorado. Sin embargo, aún andaba. El día que se sentara y no se levantara, era el día en que debía empezar a preocuparme. Hoy, más de un año después, pienso que tal vez mi madre hiciera una reflexión similar a la mía. Quizá por eso se negó a que le compráramos una silla de ruedas y se enfadaba cada vez que alguien pronunciaba la palabra metástasis. Creo que fue por esto por lo que se inventó que lo que le dolían no eran los huesos, sino los músculos.

Durante la enfermedad el tiempo transcurría a su antojo. Sé que duró seis meses porque puedo contar las semanas desde que comenzó el tratamiento hasta que se murió. Cuando llegué a Cádiz me asusté mucho al verla, pero no fui capaz de asimilar lo que pasaba. Cuatro semanas atrás los médicos nos habían dicho que se curaría. Jamás contemplé la posibilidad de que se estuviera muriendo. En un e-mail que escribí a una amiga el 10 de agosto de 2011 decía: «Mi madre está muy débil, creo que tiene anemia».

El árbol de los pájaros estaba en mitad del campo de golf, al lado de una charca. Yo nunca fui, pero cada vez que lo mencionaban me imaginaba un pino con la copa frondosa y el tronco pelado. Mi hermana Inés me contó que los días antes de que yo llegara a Cádiz, mi madre, Leticia y ella habían caminado cada tarde hasta el pino. Mi madre apenas podía andar, pero se apoyaba en los brazos de mis hermanas hasta llegar a la charca. Las ramas estaban llenas de toda clase de aves y las tres las miraban agitarse desde abajo al caer el sol. Mi madre decía que el paseo le sentaba bien, pero Inés recuerda que a menudo se angustiaba porque le fallaban los tobillos. Un día casi se cae. Otro día le entraron ganas de ir al baño en mitad del camino y mis hermanas tuvieron que ayudarla a esconderse detrás de un arbusto. Mi madre quería soltarse de ellas para que no la vieran agazaparse con el culo al aire en el suelo; pero no era capaz de sostenerse sola. Cuando se incorporó tenía las manos manchadas y hacía esfuerzos para apoyarse sin que sus palmas tocaran a mis hermanas. Inés dice que era difícil sujetarla, que estaba nerviosa y que le temblaban las piernas.

Cada tarde, después de dar el paseo hasta el árbol, mi madre se quitaba los zapatos, se tumbaba en su cama y pedía que alguien cerrara las cortinas. Cuando llegué a Cádiz la encontré así, recostada y descalza en la penumbra.

Mi padre agarró una toalla de manos y la sumergió en un barreño que había colocado junto a la mesilla. Hundió su brazo en el recipiente hasta el codo y lo giró un par de veces antes de escurrir y colocar el trozo de felpa sobre la frente de su mujer. Encima del colchón, mi madre sudaba y arqueaba la espalda. Decía que poner el peso de su cuerpo sobre la coronilla le ayudaba a soportar mejor el malestar de sus músculos. De vez en cuando sus estiramientos funcionaban y conseguía relajarse; entonces, abría y cerraba los labios, aspirando. «Si trago mucho aire, tal vez mi cuerpo se enfríe antes.»

«No te preocupes», le dijo mi padre mientras le acariciaba la cara, «estos deben de ser los efectos secundarios de la quimioterapia.» Luego le palpó los brazos, un poco los muslos y las piernas desde la rodilla hasta el tobillo. Su piel estaba brillante y mojada, por lo que la mano se deslizaba con facilidad, peinando y pegando el vello a su cuerpo.

Cada día su aspecto se parecía más al de una adolescente de caderas estrechas. Su pelo había crecido, y ahora caía ocho dedos por debajo de los hombros. Él estaba sentado en la cama, junto a ella, pasándole la mano por la cabeza. De vez en cuando enredaba su dedo índice en algún mechón y deshacía las ondas que formaban su melena. Imagino que pensaría que llevaba mucho tiempo sin verlas.

XI

El 21 de agosto de 2011 por la mañana dejamos Cádiz y el 22 por la noche aterrizamos en Nueva York. A mi madre le dolía el cuerpo. Al día siguiente teníamos cita con el oncólogo, pero preferimos no esperar y fuimos directas al hospital. Llovía. Desde la ventanilla del avión solo se distinguían borrones de luz. Mi madre decía que quería ir en ambulancia a Manhattan, pero conseguí convencerla para que cogiéramos un taxi. La idea de la espera me angustiaba, y además, no sabía qué había que hacer para conseguir una ambulancia. El taxi avanzaba por la autopista y los borrones de luz se expandían. Caía tanta agua que parecía invierno. Ella no se quejaba. Cuando llegamos al hospital, el taxista me ayudó a desplegar la silla de ruedas mientras me cubría con un paraguas. Levanté a mi madre, la senté en la silla y el taxista nos acompañó hasta la recepción. Volví a por el equipaje y lo dejé en consigna. Subimos a urgencias. Yo estaba calada; mi madre seca. Nos metieron en un box. Le conté que había comprado una licuadora y que le iba a preparar muchos zumos. «¿Tiene metástasis?», preguntó una enfermera. Contesté que no. La enfermera se fue y empecé a hablar sobre batidos. Entró un médico joven que después de presentarse sacó un palo de madera de un cajón, le quitó el envoltorio, se acercó a mi madre y se lo metió en la boca. Dos horas de pruebas. No sabían qué tenía además de cáncer. Tal vez un virus, pero ¿cuál? Al ver las llagas en la boca pensaron que podía ser sida. «Pero ¿cómo voy a tener yo eso?», repetía mi madre. Entrada la madrugada nos mandaron a una habitación en la planta quince. Los resultados no estarían listos hasta el día siguiente. Acompañé a mi madre a su nuevo cuarto, hablamos un poco y después de bostezar un par de veces me fui a mi casa en taxi con las maletas.

La habitación 1539 era un espacio con paredes claras y una ventana. De la esquina superior derecha colgaba una tele que encendimos poco. Además del televisor, había cuatro muebles: una cama, una mesilla, una butaca reclinable y la estructura de madera con ruedas sobre la que servían las comidas. En la pared derecha había varias máquinas y algunas bolsas de suero que pendían de un palo de metal. Haciéndose un hueco entre ellas se llegaba al baño, un cubículo estrecho con un plato de ducha sobre el que había una silla.

Las normas del hospital obligaban a las visitas a protegerse de los pacientes que pudieran tener alguna infección, y como aún no estaba claro si mi madre tenía o no algún virus, antes de entrar en el cuarto había que ponerse una bata, un gorro, una mascarilla y frotarse las manos con un gel que se obtenía de un dispensador de pared.

La primera mañana que fui a ver a mi madre seguí el protocolo: me coloqué el atuendo de celulosa verde y me limpié las manos. Al entrar en la habitación la encontré dentro de la cama golpeando un huevo duro con el canto de una cucharilla. Cuando terminó de tragar la yema, me pidió que por favor la ayudara a ducharse.

Hasta aquel día lo había hecho siempre ella sola. A pesar de su debilidad y de mi insistencia por detenerla, en Cádiz había logrado sacar fuerzas para encerrarse en el baño a enjabonarse. Mientras corría el agua, yo solía sentarme junto a la puerta hasta que paraba el goteo. Cuando esto ocurría, me alejaba despacio de su cuarto, me sentaba en el salón y hacía ver que llevaba un rato viendo la tele o leyendo una revista.

Aquella mañana en el hospital su petición de ayuda me pilló por sorpresa. No se me ocurrió avisar a nadie. Coloqué mi brazo detrás de su columna y le ayudé a incorporarse. Se cansó rápido. Paramos unos minutos para que recuperara el aliento. Cuando su respiración se calmó, agarré sus piernas y las moví con cuidado hasta que colgaron de la cama. Luego volvimos a descansar otro rato más. Y así seguimos avanzando, poco a poco, hasta que logró colocarse de pie y andar lentamente hasta el baño. Al llegar junto a la ducha se paró, levantó los brazos y esperó a que la desvistiera. Le desabroché el camisón y lo tiré a un cubo, después cogí sus braguitas de papel por la goma y las arrastré hasta abajo.

La última vez que había visto a mi madre desnuda yo era muy pequeña. En un descuido de mis padres, abrí la puerta de su baño y los encontré sin ropa bajo el agua. Al principio solo pude distinguir una sombra amorfa, pero en un forcejeo por el cabezal de la ducha, se descorrieron las cortinas y pude ver cómo se abrazaban acelerados con un montón de espuma sobre sus cabezas.

Cuando abrí la ducha del hospital, mi madre estaba de pie sobre las baldosas, con la cabeza mirando al agua y la espalda de cara a la puerta. Yo tenía miedo de que se girase. La radiación había afectado a toda la parte inferior de su cuerpo, y creía que encontraría su sexo rojo, negro o quemado.

Me sorprendí al ver que no lo estaba. Su aspecto era joven y liso, parecía intacto. La apariencia era acorde con el resto de su físico de adolescente. Le pedí que se sentara en una sillita que había sobre el plato de la ducha. Se sentó. Le pedí que sujetara el cabezal mientras buscaba el jabón. Lo sujetó. Pero su atención se dispersó entre las baldosas, y cuando volví con el gel, encontré todo el suelo encharcado.

Le froté la cara, el cuello y el pecho. Se me mojó la bata de celulosa verde y la mascarilla se pegó a mi lengua. Terminé de lavarle el cuerpo y el pelo y busqué una toalla, pero no había ninguna en el baño. Pedí de nuevo a mi madre que sujetara el cabezal de la ducha y esta vez tuve cuidado de colocar el chorro mirando a su cuerpo. Salí al pasillo con la bata mojada. Me acerqué a una enfermera. Al hablar tras la mascarilla, respiraba mi propio aliento. La enfermera gritó al verme envuelta en celulosa por el pasillo. Me hizo deshacerme de ella. Me reprendió por poner en riesgo la salud de los demás al sacar los posibles virus del cuarto. Después me llevó hasta el armario donde se guardaban las toallas. A la entrada de la habitación volví a colocarme un gorro, una mascarilla y una bata nueva.

El charco había crecido. Mi madre seguía sentada sobre la silla con la mirada perdida entre las baldosas. El cabezal se sacudía a sus pies sobre el plato. Al entrar me saludó alegre. Le pregunté si tenía frío. Me dijo que no. Cerré el agua, coloqué una toalla sobre sus hombros y la abracé. Luego coloqué otra toalla sobre su cabeza y la volví a abrazar. Al sentir el contacto de mi piel se puso rígida, miró alrededor y dijo: «Menudo lío, ¿no?». «Un poco», contesté yo. La ayudé a ponerse de pie. Volvió a quedarse con los brazos en alto sobre el plato de la ducha, pero yo la animé a seguir hasta la habitación apartando los botes de suero con la mano para facilitar su paso. Terminé de secarla. Cogí una braguita de papel limpia y me agaché. Levanté primero un pie y subí la prenda interior hasta su tobillo izquierdo, luego levanté el otro pie e hice lo mismo. Una vez enganchada en las dos piernas, tiré de la braguita hacia arriba hasta que la goma se encajó en su cintura. Después, uno a uno, metí sus brazos por las mangas del camisón, una bata abierta que se abrochaba a la espalda con tres cintas blancas. Las anudé y la ayudé a reclinarse sobre la cama.

En el cajón de la mesilla estaba el secador. Lo encendí y le apunté a la cara. Ella cerró los ojos. Al terminar le cepillé el pelo, le puse crema hidratante y la maquillé. Cuando la enfermera entró en la habitación, la vio y dijo: «She looks like a diva».

Las primeras horas de la mañana del 23 de agosto fueron tranquilas. Después de la ducha mi madre y yo estuvimos un rato charlando sobre el verano. Aunque de vez en cuando ella se callaba de golpe, me miraba y decía: «Pero cómo voy a tener yo sida». Todo se empezó a complicar alrededor de las doce. Pasado el mediodía entró en la habitación un doctor latino y gordo al que habíamos visto por primera vez aquella mañana. El médico llevaba en la mano un vasito de plástico azul con un clavel rojo dentro. Se sentó en el borde de la cama, sacó un trozo de papel y un bolígrafo del bolsillo de la bata y dibujó un hígado con fuegos artificiales saliendo de un agujero. Después nos explicó el significado de «metástasis silente» y nos contó que el cáncer se había expandido por el hígado, los riñones, el pulmón y los huesos. Cuando terminó de hablar, nos miró varias veces para ver si habíamos entendido lo que decía. Yo asentí. Mi madre no. El doctor le dio a mi madre el vasito azul con el clavel dentro y nos dijo que la semana siguiente se cambiaba de hospital, al Cornell Presbyterian. Las dos le sonreímos al escuchar la noticia, le deseamos buena suerte, le dijimos adiós con la mano y, cuando se marchó, mi madre y yo nos quedamos un rato mirando al clavel y al vaso tratando de encontrar alguna explicación.

Hacia la una vino a visitarme una amiga. Al vernos a mi madre y a mí mirando al vaso, decidió unirse a nosotras en la observación, pero a los pocos minutos dijo que tenía hambre. Su protesta me hizo salir del ensimismamiento y bajamos juntas a la calle a comprar un sándwich. Mientras estábamos de camino a la cafetería ocurrió el terremoto. Un temblor de 5,9 grados en la escala de Richter sacudía la costa este de Estados Unidos. En la calle no se sentía, por lo que yo hablaba ajena a las placas tectónicas y mi amiga fumaba indiferente a los movimientos de la tierra. En Washington estaban evacuando el Pentágono, acababan de cerrar los aeropuertos y los cimientos de los rascacielos de Manhattan se mecían tirando al suelo las tazas de café de los oficinistas. Sin embargo, aquella tarde, el único temblor que percibía estaba en mi cabeza. Después de comer volvimos a la habitación. Mi madre nos contó que la mesilla se había movido, y que en una de las sacudidas el vaso de plástico y el clavel habían volado por encima de la cama. «Gracias a Dios, ya no los veo.»

Después de que se fuera mi amiga, mi madre llamó a mi padre para darle la noticia. Estaba sentada en la cama con las piernas hechas un ovillo. En una mano tenía el teléfono y con la otra arrugaba la colcha.

«Hola, Enrique —dijo mi madre—, el médico se fue del cuarto hace un rato.»

Hubo un silencio.

«Dice que el tumor ha estallado y ha invadido mi cuerpo.»

Hubo otro silencio.

«También dice que no le extraña que me duela la espalda porque tengo tres vértebras rotas.»

Mi madre volvió la vista hacia la butaca reclinable en la que me encontraba y me pidió que le acercara papel y bolígrafo. Anotó un número. Después dijo: «Sí, ven pronto por favor, que te quiero muchísimo», y al colgar dejó el teléfono sobre la cama y se quedó callada.

Su primera reacción fue desmoronarse. Pero luego reflexionó y dio a entender que estaba contenta de que nadie le hubiera ocultado lo que pasaba. Alcanzó la aceptación en lo que tardó en comerse el yogur de la bandeja de la comida. Lo que me hace sospechar que tal vez su inconsciente ya sabía que se iba a morir. Yo también estaba tranquila. Mi reacción ante la noticia no tenía nada que ver con lo que había imaginado: ningún fervor religioso desordenado, ninguna agonía. Lo único que me apetecía era sentarme a su lado y charlar.

Creo que a mis hermanas se lo conté a lo bruto. «Mamá se muere, id como podáis a Madrid que yo me encargo de vuestros vuelos.» Lloraban mucho. Estaban en la playa con el pelo húmedo y rodeadas de gente. A una de ellas le dio el brote de religiosidad que yo temía y me empezó a hablar sobre milagros. La otra no sabía qué decir y estuvo en silencio durante varios minutos al otro lado del auricular. Al día siguiente llegaron todos: mi padre en un vuelo y mis hermanas en otro. A mi padre le sobrepasaban las burocracias y no era capaz de hablar con el seguro médico o con el banco. A veces se echaba a llorar. Otras decía frases extrañas como «yo vi el rosario manchado de sangre». Mi madre era la única que conseguía calmarle.

Hoy es 23 de octubre de 2012

Al bajarme del ascensor en la planta quince no he sido capaz de ir directamente a la antigua habitación de mi madre. En su lugar, me he metido en la sala de recreo para pacientes junto a los ascensores. Ahora estoy aquí, sentada, escribiendo. En la sala hay dos enfermeras moviendo claveles frescos de un lado a otro y una pareja de indios americanos agarrándose las manos. La mujer agacha la cabeza y el hombre aprieta sus dedos con fuerza.

Las enfermeras cargadas con flores han entrado a un espacio acristalado con varias herramientas y jarrones. Sobre la mesa hay treinta vasos azules formando hileras. Las mujeres con las batas blancas remangadas cogen los claveles uno a uno, les cortan el tallo y los van colocando en los vasitos.

En la pared de enfrente hay colgado un calendario de actividades dibujado con rotulador grueso. Parece que lo ha pintado alguien con mal pulso porque tiene baches e imperfecciones. Me pregunto si quien lo pintó ya estará muerto. A esta sala vienen los pacientes a dejar de pensar: pintan cerámica, tocan flores y charlan sobre el pasado. Imagino a una mujer de pelo canoso dibujando el calendario, deslizando su rotulador por el canto de una regla y luego olvidando que la sujeta.

Dejo de mirar a mi alrededor y me levanto para visitar la habitación 1539.

Acabo de llegar a mi casa. Desde el cristal de la puerta he reconocido a la mujer india de la sala de recreo. Estaba sentada en el sillón reclinable junto a la cama con el cuerpo vencido hacia delante y la frente apoyada sobre sus brazos. Del enfermo no he podido ver mucho. Solo un pie rugoso y oscuro. No me he atrevido a acercarme hasta la puerta para ver el resto de su cuerpo; podría haberlo hecho con la excusa de utilizar el dispensador de desinfectante, pero he decidido seguir caminando por el pasillo. En la puerta de la habitación de al lado he visto una camilla con un cadáver cubierto por una sábana. Parecía un hombre. No había familia. Estaba ahí, parado, esperando a que alguien lo recogiera.

He seguido andando hasta meterme en el baño porque no sabía adónde ir. Me he encerrado dentro y he estado un rato de pie en el cubículo sin utilizar el retrete. Me ha entrado ansiedad y he encendido el grifo para mojarme las muñecas.

Luego he salido del baño y he vuelto a caminar por el pasillo. Esta vez sí he visto la cara del paciente que estaba tumbado en la habitación. En el viaje de vuelta del hospital a mi casa he pensado en cuántas personas habrán muerto en la misma cama en el último año. He repasado los procesos, los protocolos, las ocho semanas de radio y las ocho de quimio. He calculado porcentajes: el 56 por ciento de los pacientes con este tipo de cáncer se salvan, el 43 por ciento de las intervenciones quirúrgicas se superan con éxito. «Seguro que conocerá a sus nietos», dijo el doctor Patterson en la primera consulta a la que fuimos a verle.

XII

En Nueva York la gente habla más de la muerte que en otros lugares de Occidente porque el 11 de septiembre de 2001 todos pensaron que se podían morir. El cráter de la Zona Cero lleva abierto más de diez años, y en el metro aún hay carteles que ofrecen asistencia a gente con traumas o problemas respiratorios. Aquí los médicos no mienten. Si creen que te vas a morir, te dicen: «Te mueres». Después, un psicólogo entra en la habitación y el paciente le cuenta lo más íntimo de su vida muy deprisa, porque apenas hay tiempo.

Un par de horas después de descubrir que la enfermedad de mi madre se había expandido por todo su cuerpo, una mujer colombiana con la cara muy redonda llamó a la puerta de su habitación. «Hola, soy la psicóloga del hospital», me dijo, «¿te importaría dejarme un rato a solas con la paciente?». «No, no me importa», le contesté, y me marché del cuarto. Al cerrar la puerta me quedé un rato mirando a través del cristal. Mi madre tenía las piernas dobladas como un indio. La psicóloga me daba la espalda. Me senté en un banquito que había en el pasillo y esperé hasta que terminaran de hablar.

Media hora más tarde la colombiana se asomó a la puerta y me invitó a entrar en la habitación. «Gabriela, ¿verdad?», me preguntó. «Sí», respondí. «Yo me llamo Natalia», me dijo colocándose las gafas y mirando con alternancia a mi madre y a mí. «Me dice tu madre que durante la enfermedad habéis paseado mucho.» «Sí, mucho», contesté, e imaginé la espalda de mi madre moviéndose entre los cerezos de la calle Stuyvesant. «Solo nos quedaba por ver Brighton Beach», contestó mi madre.

25 de octubre de 2012

Estoy sentada en un banco de madera frente a la playa. El cielo está cubierto, pero hay un agujero a la altura del muelle por el que la luz cae en cascada hasta el agua. La arena está limpia y es de un amarillo claro, desteñido. Esta es una playa de ciudad donde las gaviotas conviven con las palomas. Detrás de mí, entre mi hombro izquierdo y mi hombro derecho, está la cafetería Moscow. En su terraza siete rusos en chándal juegan al ajedrez, cantan canciones bolcheviques, comen *paninis*, sopas y perritos calientes y beben refrescos. En la radio del bar suena «La internacional», y de tanto en tanto, los rusos tararean los versos que se saben.

Son las 10.43 de la mañana en el barrio neoyorquino de Brighton Beach, un vecindario ubicado en una lengua de tierra que parece querer desprenderse del sur de Brooklyn. He llegado hasta aquí en metro. Primero he cogido la línea L y luego he cambiado a la Q en Union Square, donde he esperado un rato el tren, incómoda, con las nalgas apoyadas en un banco frío con los clavos salidos. Una mujer caribeña con un turbante de colores en la cabeza se ha sentado a mi lado. Parecía recién aterrizada de Trinidad. La mulata ha sacado un taco de tarjetas blancas con rayitas rojas de su bolsillo, ha cogido una al azar y ha escrito en mayúsculas: CULTURE SHOCK. Después ha llegado mi tren y me he metido dentro. Durante los cinco primeros minutos de viaje he estado pensado en qué escribiría la mujer sobre el resto de sus tarjetas.

He venido a Brighton Beach para ver cómo es esto. Después de recorrer varias de sus calles, puedo decir que este es un barrio terrible. Es feo y está lleno de tullidos. Por el paseo marítimo circulan ancianos empujando tacatacas y gordos en sillas de ruedas. Mientras escribo estas palabras me alegro de que mi madre nunca viniera aquí.

XIII

Los días 27 y 28 de agosto el huracán Irene visitó la Costa Este de Estados Unidos. El día 26 evacuaron nuestro edificio y la noche del 27 el ojo de la tormenta pasó por encima de la ciudad de Nueva York.

La mañana del día 26 desayuné jugando con un mapa interactivo que había en la portada del nytimes.com. Al pasar el ratón por encima de las calles de mi manzana, parpadeaba una luz roja que me indicaba que nuestra casa estaba dentro de la zona de evacuación. No tardé en recibir un correo de Peter Ujkej, el responsable de mantenimiento del edificio. El mensaje se titulaba *Evacuation Alert*, y en él, en un tono entre educado y alarmista, el polaco llamaba a los vecinos a abandonar sus apartamentos. Junto a la nota se incluía una lista de tareas: guardar los muebles de la terraza, desconectar los plomos, proteger los objetos frágiles del azote del viento, comprobar que las ventanas están bien cerradas y no dejar sola en la casa a ninguna mascota. Levanté a mi padre y a mis hermanas de la cama y entre los cuatro organizamos la casa. En el portal, Peter colocaba sacos de arena para tapar las rendijas de las puertas.

La calle estaba llena de gente cargada con almohadas, mochilas y perros. Nos metimos en la estación de metro de Bedford Avenue y cruzamos el East River por abajo. Cuarenta minutos más tarde salíamos por el acceso más próximo al hospital. En las escaleras encontramos un cartel que decía: «El transporte público permanecerá suspendido desde las cuatro de la tarde de hoy (26/08/2011) hasta nuevo aviso».

En la habitación 1539 mi madre veía un documental sobre la vida de Jackie Onassis. Ahora solo le gustaba la comida fría y blanda y cenaba gelatina de un bol. Estaba tan concentrada en la vida de la primera dama que cuando entramos nos mandó callar: «Ahora van a hablar de los años en la Casa Blanca». Luego hubo un corte para informar sobre el huracán y la pantalla se llenó de mapas meteorológicos. Pensé que el ojo de la tormenta se parecía mucho al colon de mi madre.

Desde la ventana de la habitación vimos cómo se oscurecía el cielo y se agitaba el viento. Mis padres, mis hermanas y yo hablábamos y mirábamos de vez en cuando hacia fuera para evaluar la intensidad de la tormenta. Mi madre se agarraba el hígado mientras nos contaba cómo había conocido a nuestro padre. Pasamos el huracán charlando. Ella sentada en una butaca con los pies reclinados y los demás repartidos a su alrededor. Mi padre apuntaba todo lo que ella decía en un cuaderno. A veces le hacía preguntas. Yo también escribí alguna cosa detrás de un recibo que encontré en mi cartera. Lo perdí. Tal vez lo tiré sin querer. Llevábamos mucho tiempo sin estar todos juntos: mis hermanas y yo vivíamos cada una en un país. Pensé que era extraño que mis padres no nos hubieran contado antes estas historias sobre su noviazgo.

Dos días después del huracán ya no quedaban restos de la tormenta: ni árboles caídos ni problemas de tráfico. Los transportes se pusieron en marcha poco a poco y en los aeropuertos volvían a despegar y a aterrizar aviones. Mis padres viajaron a Madrid en el primer vuelo que salió del JFK. Mis hermanas y yo tuvimos que volver escalonadas. Ellas dos días después, yo tres, vía Charlotte.

Mi madre tuvo que prepararse para el viaje. Coger fuerzas. Quería ver a sus amigas y al resto de la familia, y morirse en

Madrid. El día antes del vuelo, mi padre, mis hermanas y yo la acompañamos al pasillo frente a su habitación para que diera vueltas con un tacataca. Recorrimos tres veces la planta. Después, cuando la volvieron a meter en la cama, le dieron un tubito con una bola blanca para que soplara. La enfermera preparó una transfusión. Colgó dos bolsas de sangre de una percha y se las conectó al brazo. Mientras el líquido se repartía por el cuerpo, a mi madre se le rellenaron las arrugas y se le colorearon los labios. Rejuveneció. Tenía la misma cara que cuando vivíamos en Neguri. Ella llevaba un vestido fucsia, yo tenía seis años y el sol nos daba de lado.

Mi madre googleaba lo que le pasaba todo el rato. Los tipos de cáncer, «ambulancia Madrid». Nos daba consejos: «Sed sencillos». «Quiero que en mi funeral suene música de Händel.»

Dejamos las maletas hechas el día anterior. La doctora Gene vino a despedirse. «Lo estabas haciendo tan bien», le dijo. «Bueno», contestó mi madre, «¿qué tal en Italia?». La doctora Gene se enjugó una lágrima con dos dedos y dijo: «Positano es igual de bonito que como lo recordaba». «Italia es precioso», contestó mi madre. La enfermera entró en la habitación empujando una silla de ruedas. Mi madre estaba lista para irse. La habíamos vestido con una falda larga azul y una pamela. La sentamos en la silla y bajamos a la recepción. La ambulancia estaba aparcada en la puerta del hospital. Dos hombres la tumbaron en una camilla dentro del vehículo y yo me senté a su lado. Mi padre y mis hermanas estaban detrás, en un taxi. Mi madre miraba por la ventana y yo la miraba a ella.

En un e-mail a mi compañera de piso justo después de aterrizar en Madrid, mi madre escribió: «Es una pena no volver a verte más. ¡El viaje ha sido estupendo!».

XIV

Mi madre perdió el conocimiento el 3 de septiembre de 2011 a media tarde. Estaba sentada en la cama, mirándome, cuando su ojo izquierdo empezó a temblar. Mi hermana Inés y mi tía abuela estaban conmigo frente al cabecero. El cuello de mi madre se agitó. La boca se le llenó de espuma. Todos la miraban en silencio, menos yo. Mientras mi madre convulsionaba, a mí me entró un ataque de risa nerviosa que me hizo doblarme por la mitad. Tal vez mi inconsciente quería que mi cuerpo se moviera como el suyo, que perdiéramos a la vez el control. Creo que mi hermana Inés lo comprendió. Mi tía abuela me miraba desconcertada. La conciencia de mi madre desaparecía y la mía se quería escapar.

«¿Dónde está mamá?», me preguntó mi hermana Leticia un poco más tarde. «Ahí no está», le contesté señalando al cuerpo sobre la cama. Lo que hacía que mi madre fuera mi madre se había esfumado durante la agitación. Aquella mañana, la había pasado durmiendo, apenas se había movido, pero se percibía una presencia. Sin embargo, por la tarde, después de que le temblaran los ojos, desapareció. Respiraba, pero ya no estaba ahí.

Quise fotografiar la habitación. Abrir los cajones y los armarios para retratar lo que había dentro. Al final no lo hice. Descorrí las cortinas y miré la sierra en el horizonte. La habitación había estado siempre en penumbra, pero ahora necesitaba que entrara luz. Guardé todos sus objetos en una mochila: dos camisones, la ropa que había llevado puesta en el avión, el cepillo de dientes, la colonia y la crema. El aspecto de mi madre era inquietante: estaba sentada en la cama respirando como si se ahogara, tenía pus entre las pestañas y adelgazaba con cada expiración. Había que acompañarla hasta que se apagara. A ratos creía que estaba en la sala de espera de un médico cualquiera, sentada en una butaca mirando una reproducción de los girasoles de Van Gogh. Mientras se moría me empezaron a salir las muelas del juicio y miré fotos de un viaje que habíamos hecho juntas a Chile para recordarla viva. Mi madre se murió entre las tres y las cuatro de la madrugada del martes 6 de septiembre de 2011. Mi padre y algunos de mis tíos estaban con ella. Sus tres hijas dormíamos en casa. Sabíamos que se moriría esa noche, pero para nosotras hacía ya tres días que había dejado de existir. Mi padre y mi tía llamaron al timbre de madrugada y bajé a abrirles al portal. Me lo contaron. No recuerdo si hubo lágrimas. Yo llevaba varios días imaginando el momento. Cada noche veía a alguna familia llorando en la sala de espera sobre el mismo catálogo de ataúdes de la funeraria y pensaba que pronto seríamos nosotros los que lo miráramos. El día anterior le había pedido a mi padre que se encargara él de organizar el funeral y el entierro. Yo no podía. A la mañana siguiente, mi padre y su hermana mayor se sentaron en el sofá de la sala de espera a elegir la caja.

XV

«He estado antes aquí», pensaría mi padre. Yo al menos lo pensé. Había estado antes ahí, en la misma sala del tanatorio de Tres Cantos, con los pies sobre el mismo suelo de mármol amarillo y la misma cara de aturdimiento. El cuerpo de mi madre en el mismo lugar en el que antes había estado el de mi abuela. La misma broma sobre los «Diamantes para el recuerdo: joyas con cabello de ser querido carbonizado». Más aturdida. Aunque la sala estaba llena de gente yo solo buscaba a mi padre, a mis hermanas y a la caja con mi madre dentro. «¿Quieres verla?», me preguntó mi padre. «No me apetece», contesté. Luego me contó que la habían vestido con una túnica azul del mismo tono que el pantalón que solía ponerse para pintar muebles. Me habló sobre el cadáver de mi abuelo: «Yo lo vi», me dijo. Entonces no presté mucha atención a lo que decía, pero creo que hoy entiendo la importancia que tuvo para él ver a su padre muerto. Le ayudó a mantenerse cuerdo. A asimilar que lo que había sucedido era real. Mi padre quería que yo viera ahora a mi madre para superar mejor su tránsito. No quise. Hoy no me arrepiento, porque la última vez que la vi, ya había dejado de existir.

21 de agosto de 2013

Cementerio Municipal del Santo Ángel de la Guarda, Pozuelo de Alarcón, Madrid

Un hombre con un cubo lleno de agua en la mano derecha y una gorra calada pasea entre las tumbas del cementerio. Hace sol y la luz le da de frente, por lo que de vez en cuando y a pesar de la gorra, pone la mano en forma de visera al final de la cara. El hombre se para frente a una lápida y vacía el agua del cubo sobre ella. Luego saca un trapo del bolsillo trasero de su pantalón, lo rocía con un producto de limpieza y friega la tumba. Yo le observo mientras escribo en un ordenador portátil que me calienta los muslos. Estoy apoyada sobre una losa de granito pulida por la empresa Mármoles Crespo de Alcorcón. Debajo de la piedra están enterrados mi madre y mis abuelos maternos. La tumba de mi familia está limpia y seca, así que doy por hecho que el hombre del cubo no pasará por aquí. Son las nueve de la mañana y hay mucha actividad en el cementerio. El responsable de mantenimiento me ha recibido hace un rato junto a una excavadora naranja en la que ahora se pasea por un pasillo cercano. Al verme sentada sobre la lápida me saluda y yo dejo de escribir unos segundos para devolverle el saludo.

Hay muchas moscas zumbando a mi alrededor. En el mausoleo de la familia Cantero Núñez una abeja se frota contra una rama y emite un sonido parecido al de los grillos. El hombre de la excavadora naranja vuelve a pasar a mi lado, se baja del vehículo y me dice: «Cuando quieras marcharte de aquí, es mejor que salgas por esa puerta del fondo, vas a dar menos vuelta».

«Es la primera vez que vienes, ¿verdad?», me ha preguntado antes cuando me ha visto entrar en el cementerio con el portátil bajo el brazo. «Sí», le he contestado. Luego me ha explicado cómo encontrar a mi madre y me ha acompañado un rato sin llegar hasta ella.

Yo creía que la tumba estaba a la derecha de la entrada principal, y resulta que está a la izquierda. Yo creía que la tumba estaba al borde de un camino, y resulta que está en mitad de una sección. Ahora, tecleando sobre la piedra, me resulta raro sentir poco. No percibo ninguna presencia extraña, tampoco estoy triste, solo algo molesta por no tener un billete pequeño para comprar flores en la máquina expendedora de la entrada: «Ramos refrigerados. No aceptamos pago con tarjeta ni con billetes mayores de veinte euros».

Hablo mucho sobre mi madre todo el rato, y hoy, sin embargo, me cuesta recordarla. Tal vez porque todo me es ajeno. O por lo menos aquí no es más sencillo que en mitad de alguna labor cotidiana como la de pelar los bordes de las vainas para la cena. Hago un esfuerzo. Creo que el día del entierro yo estaba de pie a la derecha de la tumba, no a la izquierda, como lo imaginaba. Aquella mañana había un coche fúnebre, una caja de pino y una hormigonera que giraba sin cesar. Recuerdo bien el sonido de la hormigonera. El hombre del cubo, el de la excavadora naranja o tal vez otro, cogían el cemento con una pala y lo echaban dentro del hoyo mientras el resto arrancábamos flores de las coronas y las tirábamos al hueco. Hacía mucho sol. Como hoy. El sol y el sudor es lo único que es igual a como yo lo recuerdo. Lo que no es igual es el olor. Aquella mañana llevaba puesto un vestido negro que había cogido del armario de mi madre. Estaba sin lavar, y cuando empecé a sudar, los fluidos del tejido se mezclaron con los míos. Todo empezó a oler a ella. Mi madre y yo enterrando a mi madre. Es ahora, imaginando ese aroma, que la siento cerca.

XVI

El 7 de septiembre de 2011 aparecieron tres obituarios en el periódico. Al principio no entendí por qué la muerte de mi madre tenía interés para la prensa. Luego me frustré, porque algunas de las descripciones que se compartieron no tenían nada que ver con mis recuerdos. Traté de decir algo sobre ella que me satisficiera, pero no lo conseguí. Cuando intentaba desgranar su personalidad, todo lo que escribía me parecía irrelevante. Mi ideas cambiaban según el día o mis circunstancias. A veces me entristecía, porque sentía que no había sido capaz de interiorizar sus matices. Pensé que tal vez fuera un problema de extensión. Mi madre no era ni tres párrafos ni seis párrafos.

Mi madre era calor y presencia. Bondad y luz. Mi madre era muchas de las cosas que se suelen decir sobre la gente muerta, pero en su caso todas eran verdad.

En el libro *Política Nacional en Vizcaya* escrito por mi abuelo en 1947, he leído un prólogo en el que se hace una breve reflexión sobre la relación entre intimidad y política en mi familia. Hasta finales de los setenta, los cargos de poder de Vizcaya estaban en manos de diez o doce familias. Yo pertenezco a una de ellas. El autor del prólogo, Rafael Sánchez

Mazas, cree que es inevitable que la historia de estas familias se identifique con la de la provincia.

> Me era preciso, querido Javier, aludir a los más remotos y claros recuerdos familiares al hablar de tu libro […], porque tu libro no deja de ser a la vez un libro de recuerdos familiares. «¿Cómo puede ser esto?», se preguntará algún lector extraño a la vida e historia vascongadas. Solo queda responder simplemente: «Pudo ser así, porque era así». […] Mientras en toda España y en casi toda Europa la política se iba convirtiendo en una política de individuos, en Vizcaya todavía era una política de familias.

Ahora, después de haber leído durante meses la historia de mi abuelo en las hemerotecas, comprendo que el símbolo de Neguri y de mi apellido aún perduran. Mi intimidad aún es política. La muerte de mi madre también. El lenguaje, los silencios, las casas, la convivencia, los sentimientos… Todo es política. Incluso la literatura. Es política que uno de mis libros preferidos de niña fuera *La vida nueva de Pedrito Andía*. Es política la entonación de mi padre al leerme «Las encinas» de Machado antes de dormir: «Quién ha visto sin temblar / un hayedo en un pinar». Siempre enfatizaba estos versos. Mientras escribo sobre mi familia, releo a Machado y repito con frecuencia el poema. Imagino a mi madre y a mi abuelo como encinas (sencillos, vigorosos, pero sin tormento).

Un mes y medio después de que muriera mi madre, el 20 de octubre de 2011, ETA anunció el cese definitivo de su actividad armada.

XVII

La pista de patinaje era rectangular, como casi todas, y estaba en mitad de un parque. La superficie era de hielo artificial y se mantenía dura gracias a una máquina que emitía un sonido constante parecido al de un ventilador. No recuerdo muy bien por qué decidimos ir allí. Creo que mi madre vio un anuncio en el periódico con una foto del rectángulo rodeado de setos nevados y pensó que sería un buen plan para el domingo. Alquilamos los patines en un palacio de hierro y cristal donde olía a calcetín mojado. Mis padres y otros dos matrimonios se sentaron en la cafetería que miraba a la pista. Mis hermanas y cuatro amigas se calzaron junto a mí y salieron del vestuario a moverse en manada sobre el hielo.

Cuando terminé de atarme los cordones, me puse de pie y caminé despacio clavando las cuchillas de mis botas en la piedra hasta que llegué a la pista y pude deslizarme entre la gente. Di varias vueltas. A la cuarta vuelta un camarero con pajarita negra llevó las bebidas a la mesa de mis padres y sus amigos: seis tazas, una tetera, una cafetera y una jarrita con leche. En la siguiente vuelta vi cómo mi madre acercaba a sus labios una taza de la que colgaba la etiqueta roja del té rooibos. Mientras seguía girando recordé un sueño recurrente que había tenido en la última semana. Mi familia y yo aterrizábamos una mañana de viernes en el aeropuerto de Heathrow, y mientras esperábamos a que salieran las maletas, un hombre de voz aguda gritaba por la megafonía: «Bomb Alert! Bomb

Alert!». Y empezaba el caos. La gente, alterada, se movía en círculos por la sala buscando una salida. Al otro lado de la cinta, mi padre agarraba su maleta y desaparecía de mi vista empujando un carrito. Un policía con silbato nos hacía salir a todos a la pista de aterrizaje. Caminábamos entre aviones y autobuses hasta llegar a un parking vacío en el que pasábamos una hora dando vueltas como si fuera una pista de hielo. Mi madre preguntaba: «¿Dónde está papá? ¿Lo ves, Gabriela?». La gente, nerviosa, hacía aspavientos a un bobby que permanecía hierático ante los insultos. Los demás seguíamos moviéndonos en círculos por el perímetro del parking.

En la pista de patinaje observé cómo mi padre bebía café, parecía tranquilo. Pensaba que aunque tuviera aspecto sereno, tal vez estuviera preparado para salir corriendo. Hablaba con sus amigos y se reía. Abrazaba a mi madre y nos miraba girar por el hielo.

Al final del sueño los policías se cansaban de buscar explosivos y mi madre y yo nos reencontrábamos con mi padre en un restaurante italiano. Él comía espaguetis con la servilleta enganchada al cuello de la camisa y sonreía con los dientes llenos de tomate: «¡Qué alegría veros y que estéis bien!», nos decía antes de llevarse el tenedor a la boca. Mi madre y yo nos sentábamos a la mesa y pedíamos dos platos de pasta. Sentía unas ganas enormes de gritar, pero no lo hacía.

Había cuatro pares de zapatos negros debajo del escritorio, alineados, con los talones juntos. El orden del calzado contrastaba con el desorden del cuarto: pilas de periódicos sobre la butaca, la cómoda y una de las mitades de la cama. Mi padre cogió un zapato y lo limpió con una toallita de bebé.

Durante la enfermedad de mi madre, mi padre y yo tuvimos que volver a conocernos. No sé en qué punto nos perdimos. A veces pienso que fue el día que lo eché de mi cuarto para que no me leyese más poemas antes de dormir. «Prefiero leer yo sola», le dije, y se perdió por el pasillo con los versos de Catulo bajo la axila.

Desde que vivía en Nueva York, hablábamos poco. «No quería molestarte», me dijo un día. Yo por el contrario nunca tuve la necesidad de excusarme. Pensaba que su responsabilidad como padre era la de buscarme, y la mía, como hija, la de tratar de escapar a su control.

Algunos días sentía lejana a mi familia, pero otros pensaba que tal vez yo fuera demasiado independiente. Sin embargo, cuando mi madre se puso enferma, comprendí que mi padre, mis hermanas y yo nos habíamos acostumbrado a nuestra ausencia porque ella la amortiguaba.

Una toallita manchada de betún reposaba en el suelo. Mi padre agarró otro par de zapatos y los giró para ver el estado de las suelas. Se detuvo en las marcas; observó el reparto desigual del peso de su cuerpo. Cogió una toallita limpia de un bote azul y frotó uno a uno los rollitos cosidos a cada lado del empeine. No había tensión, tampoco ruido, solo la mano de mi padre acariciando el cuero.

La semana después de que muriera mi madre, mi padre movió los muebles y los cuadros de nuestra casa. Un día colocó toda la ropa de su mujer en montones sobre el colchón, la cargó en el maletero de su coche y se la llevó a su oficina. Otro día sacó dos retratos del trastero y los colgó encima del sofá del cuarto de estar. En uno de ellos mi madre lleva un vestido verde y tiene las manos escondidas detrás del cuerpo. En el lienzo, sus ojos caen de la misma forma que los de mi hermana Inés. Aquella tarde, mi padre le pidió a Inés que por favor durmiera con él esa noche en la habitación.

Cuando pienso en la enfermedad de mi madre me cuesta recordar a mi padre. Solo me vienen flashes: mi padre poniéndole paños de agua fría a mi madre en la frente. Mi padre apuntando en un cuaderno todo lo que ella decía en el hospital. Por lo demás, la mayoría de mis recuerdos son sobre mí y sobre mi madre. Las imágenes más nítidas que tengo de él empiezan en los tres días anteriores a la muerte, cuando yo comencé a sentirme débil y él tomaba solo las decisiones sobre los paliativos y el entierro. De vez en cuando, mi padre hablaba sobre mi abuelo. Comparaba una muerte con otra. Me sorprendió.

En mi familia había varias cantinelas sobre mi padre. Estaba la cantinela de que exageraba con la seguridad y la cantinela de que hablaba demasiado sobre sus antepasados. A veces, cuando incidía en algunos de estos temas, lo mirábamos con extrañeza, como si no hubiera ningún peligro y como si el apellido no pesara. Ahora creo que lo escuché poco durante la enfermedad. Cuando me decía que tenía miedo de que mi madre se muriera, me parecía excesivo.

Hasta que nos mudamos a Madrid, mi padre fantaseaba con desclasarse, con ser hijo de cocinera o de aña y correr por los prados de Kanala. De adolescente yo también tenía el mismo deseo, creía que lo que ocurría en otros barrios era mucho más interesante que lo que pasaba en el nuestro. Caminaba por la calle General Ricardos de Carabanchel e imaginaba que ahí vivía la gente que leía los mismos libros y escuchaba la misma música que yo. Cuando mi padre imaginaba la vida de campo, anhelaba su libertad y su sencillez.

Al morir mi madre, yo tenía más o menos la misma edad que mi padre cuando asesinaron a mi abuelo. Él veintinueve, yo veintiocho. Los dos vivíamos en Nueva York.

Mi padre es el opuesto de mi madre. Mi madre era una pluma. Mi padre es una mole de hormigón a la que le gustaría ser pluma. Mi madre era desprendida y viajaba en autobús. Mi padre solo podía moverse con escolta. Mi madre dejaba atrás el pasado. Mi padre siempre tiene presente su historia familiar.

Mi padre no pudo aligerarse hasta después de la muerte de mi madre. En octubre de 2011 ETA dejó de matar y en 2012 él pudo prescindir de llevar escolta. Durante el duelo sufrió por la ausencia de su mujer, pero también disfrutó de más libertad. Perdió peso. Empezó a hacer algunas cosas que mi madre no le dejaba: trabajar desde su dormitorio, ir sin camisa desde su cuarto a la cocina a por agua. Ayer me llamó por teléfono y me dijo que quería volver a escribir.

No había leído nada de mi padre hasta este verano. Fue una noche en la que compartimos habitación en una casa rural cerca de Santander. Él salió a cenar con un amigo y yo me quedé sola paseándome en camisón por el cuarto. Encima de la mesa camilla vi un tomo del libro que lleva media vida escribiendo encuadernado con anillas de plástico. Lo abrí y leí algunos fragmentos. Tenía miedo de que me defraudara, pero no lo hizo, a pesar de que la mayoría de los capítulos estaban sin ensamblar. Leí un pasaje sobre Regina, una amiga de mi padre que conocí de niña. Regina vivía en una casa roja sobre la playa de Ereaga que tenía un cementerio de perros en el jardín. Los nombres ingleses de sus mascotas y los de las mascotas de sus antepasados estaban cincelados sobre lápidas enanas. El camposanto estaba rodeado por tablones de madera en un jardín en cuesta que daba al mar. Un día Regina nos invitó a mis padres y a mí a comer a su casa. La mujer, que tendría entonces setenta y muchos años, nos recibió vestida con zapatos de tacón negro y mallas de leopardo. Yo no podía dejar de mirar su atuendo, nunca había visto a nadie tan mayor vestido así. La mujer nos hizo un pequeño tour por su salón. Nos enseñó su colección de relojes *grandfather* y el retrato que Julio Romero de Torres le había pintado cuando ella era adolescente. Por aquel entonces yo no tenía ni idea de quién era ese pintor. En el retrato Regina posa con su madre, Serafina Longa, una mujer a la que un botánico de Bilbao le dedicó una variedad de rosa que bautizó con su nombre: la rosa Serafina Longa. Todo en la casa era insólito o inglés. El ambiente de la gran novela desmembrada de mi padre es este, el de los vestigios del Neguri de principios del siglo XX, cuando se creaban las industrias junto a la ría y todos los vecinos trataban de parecer británicos. Luego habla también de los ochenta, del ocaso del barrio, de las fábricas cerradas, de los problemas de convivencia y de Regina Soltura, una rara avis de casi ochenta años, paseándose en mallas de leopardo y tacones por el vecindario.

«Gabriela, podrías contar en tu libro que un hombre con pasamontañas rojo me sacó a punta de metralleta de la cama», me dijo sin venir a cuento. Yo no contesté. No le confesé que ya lo había hecho, pero que desconocía el detalle del color. «¿Me dejas el diario de guerra del abuelo?», le pregunté pasado un buen rato. Mi padre paró el coche en mitad del giro de una rotonda y me dijo: «Ese es mi terreno».

XVIII

Después de que muriera mi madre sentí un bienestar extraño. Durante el otoño, hice lo que me vino en gana. Estaba triste, pero no tenía responsabilidades: sin trabajo, soltera y con una excedencia de la Universidad de Nueva York. En enero dejé Madrid y volví a Nueva York para retomar las clases y buscar trabajo. Al poco de llegar a la ciudad me salieron granos y se me engrasó el pelo. Se formaron varias placas de grasa en mi coronilla que no conseguía deshacer. Volví a la universidad, a la oficina, empecé a escribir sobre mi madre y a vivir comparando los días con los del año anterior. A veces me veía desde fuera y me costaba reconocerme como la persona que trabajaba y estudiaba. Empecé a tener vértigos, mareos que comenzaban en la cabeza y bajaban hasta el estómago. El médico decía que era estrés. El psicólogo que había perdido mis referencias y que para recuperar el equilibrio necesitaba hacer algunos cambios en mi vida que me daban miedo. El primer paso era volver a Madrid.

Miércoles, 19 de diciembre de 2012

He salido a la calle con la cara sin lavar, sintiendo el peso de las lágrimas secas en las cuencas. Detrás de mí estaba el río y luego Manhattan, pero he andado en dirección contraria a las torres para no ver la ciudad.

Mis últimas tres horas en Nueva York las he pasado en casa, sentada sobre una caja que miraba al *skyline*. He intentado calcular el peso de los edificios. He contado las ventanas y los pisos de un rascacielos y he estimado lo que podían pesar, pero ni la calculadora del teléfono ni yo hemos sido capaces de soportar tanta carga.

La casa de la que me acabo de marchar casi no tenía paredes, tampoco rincones. Todo era cristal y acero, y la ciudad y el frío colándose entre el acero y el cristal. A las pocas semanas de mudarme, traté de dar calidez al espacio. Compré plantas, mantas y algún mueble de madera, pero no lo conseguí. También estaba el problema de las vistas. La presencia constante de la ciudad hacía imposible la abstracción. «Estoy en Nueva York, estoy en Nueva York.» En este piso nunca conseguí olvidarme de que vivía en Nueva York.

He pasado toda la mañana haciendo cajas, y mientras las hacía, he disfrutado observando cómo poco a poco se despejaba el espacio. Mi madre solo conoció el piso vacío y hoy siento que la casa solo tiene sentido así. Diáfana, sin obstáculos entre mi recuerdo y el *skyline*.

Mañana una empresa de mudanzas va a ir a recoger las cajas que ahora hay apiladas en el salón. Alguien las meterá en un buque carguero. El buque bajará desde Queens por el río hasta el mar, cruzará el océano y atracará en algún lugar del norte de España, probablemente Vigo. En Vigo meterán mis cajas en un camión que atravesará la península hasta Madrid. En Madrid descargarán las cajas en mi nuevo piso.

He subido a un Lincoln negro de la empresa Northside. Le he dicho al taxista que quería ir al aeropuerto JFK. El conductor era latino y me ha preguntado si iba a pasar la Navidad en casa. Le he contestado que sí. Luego me ha preguntado que si me gusta el fútbol y le he contestado que no mucho; pero parece que no me ha oído porque insistía: «¿Es usted del Real Madrid o del Barça?». «De ninguno de los dos», le he contestado mientras miraba la foto de su placa. Al coger la

Brooklyn-Queens-Expressway, el Empire State ha emergido de entre las tumbas del cementerio que hay bajo la autopista. El Lincoln negro se ha parado frente a un cartelito que ponía Iberia. El taxista se ha bajado, se ha remangado la chaqueta y me ha ayudado a descargar el equipaje. Le he dado las gracias. Le he dicho: «Feliz Navidad». El coche se ha marchado y me he quedado sola con dos maletas y una mochila a la espalda.

XIX

Al pasar tu mano por encima para calcular
sus dimensiones primero piensas que es
piedra luego tinta o agua negra donde la
mano se hunde luego un cuenco de otra
parte del que no sacas ninguna mano.

ANNE CARSON, *La belleza del marido*

Antes de la muerte de mi madre yo vivía como si lo normal
fuera morirse de viejo. Imaginaba mi corazón parándose en
la víspera de mi ciento un cumpleaños, después de pasar la
tarde jugando a las cartas y mojando cruasanes en el té. Antes
no pensaba en la muerte. O pensaba poco. Ahora creo que lo
más corriente es morirse antes de tiempo, como mi abuelo
Javier, o como mi madre, o como una amiga de una amiga a
la que atropelló un coche que se saltó un semáforo en la Cas-
tellana. La muerte antes de tiempo es siempre violenta, irse
joven lo es. Igual que partir a causa de un disparo es siempre
antes de tiempo. No importa la edad.

He encontrado una foto de mi madre en el desierto de Atacama.
El archivo se llama Mamá en el valle de la Muerte y en la imagen
aparece ella sentada frente una pared de rocas rojas. He encontrado también una nota que apunté sobre ella en un cuaderno:

Es habitual que, tras la muerte de un ser querido, sus familiares y amigos miren y compartan fotos para recordarlo. En esta situación, la percepción de los espectadores suele estar alterada. Nada parece fortuito, todo son pistas capaces de aclarar las causas del fallecimiento. En la fotografía anterior, mi madre está sentada al pie de una pared rocosa en el valle de la Muerte, Chile. Yo también tengo retratos en este valle, pero estos serán irrelevantes hasta que me muera.

Cada vez que pienso en mi madre la recuerdo vulnerable, aunque creo que antes de su enfermedad no la veía así. Este pensamiento es una construcción que mi cabeza ha hecho a posteriori, mientras buscaba indicios que pudieran anticipar su muerte. Ahora, cuando imagino su cuerpo, lo primero que me viene a la cabeza es el eczema que tenía en la mano izquierda y que se rascaba sin parar. Solo temí de verdad por su vida una vez, cuando sufrió un desprendimiento de placenta durante el segundo mes de embarazo de mis hermanas mellizas. Yo tenía siete años y habíamos ido de Bilbao a Madrid a pasar la Navidad con mis abuelos maternos. Aquel día vi a mi tía abuela llevando un gurruño de sábanas manchadas de sangre por el pasillo de casa de mi bisabuela. Faltaban pocos días para Nochebuena y pensé que era una fecha terrible para quedarse huérfana. Mi madre gritaba mientras la trasladaban de la habitación a la cocina con el camisón sucio. Por el camino dejó un reguero rojo y acuoso, que seguí hasta que alguien me agarró y me obligó a sentarme en la sala de estar entre la televisión y mi bisabuela. La pantalla estaba encendida. Oí un alarido al fondo del pasillo que llegó hasta mí reverberando entre la porcelana. Me sentí desdichada y mi desgracia se mezcló con los anuncios de la tele: pastas de dientes, salsas de tomate, el Baby Feber. Empecé a llorar y mi bisabuela me pidió que le alcanzara la caja de bombones que guardaba en el secreter. Se llevaron a mi madre por la puerta de atrás para no ensuciar la escalera principal. Yo no la vi irse, pero la imaginé descendiendo en camilla por unas escaleras angostas. Dejé la caja de bombones encima de la mesa y volví a salir corriendo a mirar la mancha sobre el colchón. La toqué y estaba caliente.

Mi madre estuvo encamada siete meses, no se podía mover porque, si no, o mis hermanas o ella se morirían. Mi tía abuela y yo la visitábamos cada tarde, y aunque todos decían que su salud iba mejor, cada vez que la miraba veía gurruños de sábanas manchados de sangre. Ahora creo que esta angustia no se me quitó nunca. Hoy tengo la sensación de que cada vez que veía a mi madre en camisón, sentía que estaba a punto de desangrarse y desaparecer.

XX

Anoche soñé que viajaba en el asiento trasero de un taxi por la calle Velázquez de Madrid. El vehículo se paró en el semáforo que hay en la esquina de la calle Villanueva, enfrente de la puerta del hotel Wellington. Allí estuve un rato mirando por la ventana los galones dorados de las chaquetas de los porteros mientras esperaba a que la luz del disco cambiara de color. Sonó el teléfono y metí la mano dentro de una bolsa de tela para buscarlo. Al otro lado de la línea una mujer me dijo que me iba a secuestrar esa noche. Me eché a llorar mientras hablaba. En el siguiente semáforo, el asiento del taxi se convirtió en el sofá de terciopelo amarillo del salón de mi casa. Yo seguía llorando y entraba y salía de mi habitación mientras preparaba la maleta del secuestro. Doblé algunas camisas que estaban en el tendedero y cogí un par de libretas. Me imaginaba enloqueciendo en un zulo y lloraba aún más. Tenía mucho miedo de que se me fuera la cabeza y planeé hacer deporte cada día durante el cautiverio: caminar de una punta a otra de la celda, hacer abdominales. Imaginé que no habría baño y que tendría que descargar en una esquina. Me vi sin comer, oliendo mal y haciendo flexiones en el suelo. Cuando terminé la maleta salí a la calle y caminé hasta la puerta de la cafetería donde me había citado con la secuestradora. Me desperté antes de que llegara.

He encontrado en Facebook a Kepa, un amigo del colegio de Getxo. He googleado a sus contactos y he descubierto que varios han estado presos. He visto una foto suya abrazado a dos chicos que han pertenecido a ETA. Kepa era cojo. Un día me dijo que en su casa le decían que no podía ser mi amigo. Me contó que tenía dos primos en la cárcel. Conseguí convencerle de que no hablarnos era una tontería y seguimos charlando hasta que me mudé a Madrid. A veces pienso si se habrá vuelto a acordar de mí.

Encuentro un vídeo en YouTube en el que un hombre enseña zulos y explosivos a un juez. Están en mitad de un bosque. El hombre dice:

Queríamos secuestrar a un concejal socialista en Eibar.

No me acuerdo de su nombre.

No recuerdo dónde vive, pero sí dónde trabaja.

Es el director de un instituto. Profesor de matemáticas.

Estuvimos varios meses haciendo vigilancias.

De octubre a diciembre.

Pero al final desistimos porque tenía escolta.

Miro fotos de etarras e investigo sus vidas. Me cuesta aceptarles, porque asumir su humanidad significa reconocer que yo también podría llegar a hacer algo así. Mi conciencia estaba más tranquila cuando imaginaba que eran locos o que no eran personas. Marcianos. Ficción.

El País, 17 de febrero de 1981: «Reacciones a la muerte de Joseba Arregui». El informe forense reconoce que el supuesto miembro de ETA fue torturado.

El titular del Juzgado de Instrucción número 13 de Madrid, José Antonio de la Campa, dio a conocer parcialmente el informe del forense sobre la autopsia practicada a Arregui. En ella se confirma la existencia de torturas y violencia física. La causa de la muerte fue «un fallo respiratorio originado por proceso bronconeumónico con intenso edema pulmonar». El mismo juez tomó declaración a lo largo de la tarde a los cinco funcionarios del Cuerpo Superior de Policía, adscritos a la Brigada Regional de Información, que participaron directamente en los interrogatorios.

Santiago Brouard, presidente de HASI, principal fuerza política de Herri Batasuna, y médico de profesión, señaló que la bronconeumonía constatada por la autopsia en el cuerpo del fallecido estaba causada por la práctica de la tortura conocida como la bañera, que consiste en introducirle la cabeza a una persona en un recipiente con agua sucia, impidiéndole respirar durante minutos. En opinión del dirigente de Herri Batasuna, el torturado se ve obligado a tragar el líquido que penetra con todos sus gérmenes en los pulmones, produciendo la bronconeumonía.

El País, 9 de marzo de 2009: «Esteban Beltrán, profesor de Derechos Humanos y director de Amnistía Internacional publica el libro *Derechos torcidos*».

La tortura no se ve como un problema en España por nadie y tampoco por los medios de comunicación. Pongo algunos ejemplos de artículos que incluso se preguntan «Pero ¿se tortura en España?». Yo no conozco ningún país del mundo en el que no haya torturas y entiendo que el papel de los medios es investigarlas. Pareciera que el debate de la tortura está secuestrado por dos partes: una, el entorno abertzale que dice que siempre se tortura, lo cual no es verdad; y otra, el Gobierno y el resto, que dicen que nunca se tortura y hay suficientes garantías. Pareciera que no hay posibilidad de decir que los crímenes de ETA son terribles, hay que denunciarlos y sus responsables tienen que ir a la cárcel, y la tortura es otro crimen y hay que investigarlo.

Web del Instituto de Investigación en Psiquiatría y Psicoterapia de Madrid, Antonio Sánchez, 26 de septiembre de 2013: *El olvido en el trauma*.

En esta línea de negación y olvido es especialmente relevante resaltar la posición que se mantiene de forma muy generalizada frente a los que siendo niños vivieron un acontecimiento traumático de alta intensidad; en virtud de su corta edad, se supone que no fueron conscientes de lo ocurrido y por otra parte se les atribuye una total capacidad de superación, negándoles de facto la existencia del daño vivido.

E-mail de un primo de mi padre a mi padre, 28 de enero de 2014.

El tema por el que te escribo es referido a la puerta del gran panteón de Ybarra-Arregui del cementerio de Derio. Creo que te comenté que se rompió el gozne del suelo y ahora la puerta no se puede abrir entera ni cerrar con llave.

He localizado a unos herreros a través de Vicenta, la señora que mantiene limpio el panteón. Estuve ayer con ellos y me parecen competentes (tengo además buenas referencias).

El presupuesto asciende a 1.000 €, pero me gustaría aprovechar que se llevan la puerta al taller para quitarle la pintura mal dada de tantos años y darle una nueva mano (granallando antes la vieja pintura). Es decir, dejarla bonita y preparada para otro porrón de años. Pintar la puerta costaría 300 €.

He hablado con mis hermanos y pensamos que estas obras de mantenimiento las dividiríamos entre las tres familias, sin porcentajes de propiedad. Así que a vosotros los Ybarra Ybarra os correspondería el pago de la tercera parte, unos 433,33 €. ¿Qué te parece?

Cuando mi padre contrató a su primer escolta, yo creía que no lo necesitaba. En el año 2000 solo llevaban guardaespaldas los políticos. No queríamos reconocernos ni reconocerle como objetivo. Cuando empezó a tener protección nos dimos cuenta de que nos seguía un comando.

XXI

Viernes, 28 de marzo de 2014

«Gabriela, necesito que vengas a mi despacho para llevarte la ropa de tu madre. Elige la que quieras y te la quedas. Está por todas partes. Me han dicho que hay una empresa que recoge ropa por las casas y la entrega a las parroquias. Les voy a llamar esta semana.» Mi padre ha estado varios días llamándome por teléfono para repetir esta petición. La he escuchado en una parada de autobús, sentada en mi escritorio, en el coche de vuelta de un viaje a los Pirineos... Cada día suena más desesperado: «Gabriela, ¿cuándo tienes pensado venir? ¿El lunes, el martes? ¿Qué día te viene bien?».

Antes de que mi padre se llevara la ropa de mi madre a su despacho, intercepté el vestido negro que llevé al entierro. Entre el tanatorio y las diferentes misas se me había agotado la ropa oscura y la única solución que encontré fue mirar en el armario de mi madre. En las perchas había muchos vestidos, aunque pocos eran bonitos. Había dejado de ser presumida hace tiempo y últimamente solo compraba barato: ropa de puestos de la playa y calzado feo. Mis hermanas y yo solíamos reírnos de sus zapatos. El vestido negro, sin embargo, era bonito. Elegante. Lo compró en Italia. Lo eligió con mis hermanas y conmigo, le dijimos: «Este te queda estupendo», y se lo llevó puesto.

He retrasado la organización de la ropa de mi madre más de dos años. Cada vez que pienso hacerlo me imagino llorando sobre un montón de vestidos de playa y aplazo la visita. Hoy he decidido que iré mañana. Para prepararme me he puesto el vestido negro y me he ido a una reunión de trabajo. Durante el camino en metro he imaginado a mi madre con este mismo traje oscuro y las caderas marcadas.

Estuve sin lavar el vestido un año, no quería que perdiera su olor, pero llegó el día en el que mi sudor tapó el de mi madre y lo lavé. Lo tocaba a menudo, aunque me lo ponía poco. Nunca sabía con qué zapatos combinarlo. Ella solía llevarlo con unas sandalias horrorosas con flores de fieltro bordadas. He pensado que mañana, en la oficina de mi padre, las voy a buscar para quedármelas. Si ella fue capaz de llevarlas con despreocupación, quizá yo también pueda hacerlo.

Lunes, 31 de marzo de 2014

Estoy en ropa interior delante de un montón de chaquetas. Hace un rato he atravesado la calle Mayor con una maleta hasta el despacho de mi padre. Las prendas de las que se quiere deshacer ocupan tres armarios. Al entrar en el estudio he dejado la maleta en una esquina, me he desvestido y he comenzado a probarme ropa y a mirarme en el espejo para ver cómo me sienta. Ahora estoy tapada con la bata con la que mi madre desayunaba cada mañana. La tienda donde la compró ya no existe. El tejido tampoco huele a ella, sino a una mezcla de ambientador y antipolillas. El día es desapacible. Llueve a ratos. Me esfuerzo en recordar, pero es difícil. Muchos de los vestidos no me suenan de nada, y otros me sugieren instantes sin significado: mi madre en la cocina hirviendo legumbres, mi madre vestida de fiesta… En la calle hay mucho ruido. Se oyen sirenas de policía y megáfonos. Hay coches oficiales por todas partes. Las personas que descienden de los vehículos visten de negro y sujetan paraguas oscuros. Junto a las verjas de la catedral hay varios periodistas con las manos sobre sus cámaras. Una chica delgada con tacones sube hasta el templo. Abro la maleta y meto dentro una americana, un abrigo y unos pantalones azules. Quiero volver a mirar por la ventana. Me gustaría pensar en mi madre, repasar sus prendas, anotar lo que recuerdo de ella... pero no soy capaz. Solo pienso en volver la vista a la calle. Es el funeral de Suárez, el presidente que eligieron pocos días después de asesinar a mi abuelo. Hay una berlina azul oscura aparcada junto a la verja, creo que dentro iba Mariano Rajoy. Hay varios viejos con los codos apoyados sobre una valla, yo soy como ellos, pero desde mi ventana.

XXII

Ayer le conté a mi padre el argumento de mi novela. Le dije que quería ir al Alto de Barazar a ver el lugar en el que mataron a mi abuelo. «No creo que encuentres nada ahí, es solo un bosque», me dijo. Al principio quería que me acompañara, viajar juntos en coche y buscar con él el barranco en el que apareció el cadáver, pero cuando se lo propuse, me respondió: «Yo ya estuve», y comprendí que no quisiera venir.

En el viaje en coche de Madrid al Parque Natural del Gorbea ha nevado, ha llovido y ha salido el sol. Algunos cambios de clima han sido tan bruscos y tan seguidos, que mientras conducía tenía la sensación de que entraba y salía constantemente de un mismo sueño. Campos nevados. Tierra seca. Campos nevados. Tierra seca. Acabo de aparcar el coche debajo de la tejavana de una gasolinera abandonada en el Alto de Barazar para protegerme del granizo. De la antigua estación de servicio solo queda un surtidor oxidado y una pegatina con la palabra «Gasoil» adherida a una de las columnas de la tejavana. Para llegar hasta aquí he seguido las indicaciones que los secuestradores enviaron a la policía: «Carretera de Cenauri a Vitoria. En el Alto de Barazar, tomar la pista que comienza junto al bar restaurante [...]». La carretera de Cenauri a Vitoria es la N-240. Ahora estoy escribiendo en el coche. Son las tres de la tarde. Frente a mí está el edificio que aparece en las indicaciones. Se trata de un hostal con merendero abandonado; sus paredes amarillean y tiene las persianas bajadas. En la radio del coche suena Elgar, «Variaciones Enigma». Imagino los jeeps de la Guardia Civil aparcados en la explanada frente al restaurante y al otro lado de la carretera, donde ahora están paradas cinco máquinas quitanieves.

He subido hasta lo alto de la pista que comienza junto al restaurante.

Antes de hacerlo me he puesto un chubasquero amarillo y unas zapatillas de deporte. He dado la vuelta al edificio. El camino que ascendía entre los árboles estaba asfaltado y he decidido conducir montaña arriba. Escribo otra vez desde el coche. A mi derecha hay una pradera con un árbol grande en el medio y una decena de ovejas pastando a su alrededor. A mi izquierda hay un sendero que se adentra en el bosque.

He llegado al pinar en el que creo que encontraron a mi abuelo: «Lugar muy cerrado de pinos». Llueve menos. Escribo con la libreta resguardada dentro de mi chubasquero, pero a veces se cuela una gota por la cremallera y emborrona la página. Trato de imaginar el día en el que apareció el cuerpo. Había visto fotos del restaurante y del bosque en internet y el espacio me resulta familiar. Algo parecido a lo que ocurre cuando se visita por primera vez el Empire State o la Torre Eiffel después de haberlos visto muchas veces en la tele.

He dado treinta pasos barranco abajo y he llegado a una pequeña explanada con el suelo lleno de pinas, helechos y ramas. La explanada está cubierta de nieve. Creo que este es el lugar exacto en el que los secuestradores dispararon a mi abuelo. Estoy a treinta pasos justos del camino. «Está a unos 30 (treinta) metros de la pista (RIP).» El día que apareció su cuerpo llovía. También llovió durante los tres días en los que la policía buscaba su cadáver. Imagino a mi abuelo de pie y a uno de los secuestradores cubriéndole la cara, colocando la pistola sobre su sien y disparando.

He vuelto al coche. Son las 16.04. Ya no hay ovejas. El prado vacío me inquieta. A la derecha está aparcado un SEAT blanco, pero no veo a nadie. Empieza a nevar y enciendo la calefacción para calentarme los dedos. Mientras tomo notas pienso en mi abuelo, en mi madre y en mi padre. En mi madre diciéndonos: «Sed sencillos». En mi abuelo diciendo: «Lo más que me pueden hacer es darme dos tiros».

> Sería hermoso tener en el bosque una tumba pequeña y tranquila. Quizá oyera el canto de los pájaros y el susurrar del bosque sobre mí. Lo desearía.
>
> ROBERT WALSER

CRÉDITOS

Las citas de los artículos de *El País*, *ABC* y *Blanco y Negro* que aparecen en la novela contienen modificaciones leves. Lo mismo ocurre con la reproducción de la cartas que mi abuelo y mis tíos se enviaron durante el secuestro, el comunicado de ETA en el que se dan instrucciones para encontrar el cadáver y el fragmento del libro *Los mitos del nacionalismo vasco*. En la primera parte de la historia, muchos pasajes están inspirados en las crónicas que aparecieron en el periódico *El Correo Español - El Pueblo Vasco* entre el 21 de mayo y el 15 de julio de 1977.

Los derechos de la imagen del escritor Robert Walser muerto sobre la nieve pertenecen a la Robert Walser Foundation de Berna y los de las fotos de mi padre esposado, al Archivo *ABC*.

AGRADECIMIENTOS

A Enrique, Inés y Leticia. A mis primeros lectores: Álvaro, Beatriz, Blanca, Iñaki, Mireya y Sonia. A Mónica e Ignacio por prestarme el coche para subir al Alto de Barazar. A Carlos. En la memoria de mi madre, de mis abuelos y de Roque, uno de mis mejores amigos, que murió en la capital de Angola el 12 de octubre de 2012. La última vez que nos vimos cenamos en un restaurante en el callejón de Puigcerdá y le conté el argumento de esta novela.

Papel certificado por el Forest Stewardship Council®